rowohlt
HUNDERT AUGEN

JASMINA KUHNKE

SCHWARZES HERZ

ROMAN ROWOHLT HUNDERT AUGEN

Originalausgabe

Veröffentlicht im Rowohlt Verlag, Hamburg, November 2021

Redaktion Tobias Schumacher-Hernández
Sensitivity Reading Victoria Linnea
Satz aus der Noort bei Pinkuin Satz und Datentechnik, Berlin
Druck und Bindung CPI books GmbH, Leck, Germany
ISBN 978-3-498-00254-1

Die Rowohlt Verlage haben sich zu einer nachhaltigen Buchproduktion verpflichtet. Gemeinsam mit unseren Partnern und Lieferanten setzen wir uns für eine klimaneutrale Buchproduktion ein, die den Erwerb von Klimazertifikaten zur Kompensation des CO_2-Ausstoßes einschließt.
www.klimaneutralerverlag.de

FSC www.fsc.org
MIX
Papier aus verantwortungsvollen Quellen
FSC® C083411

Für M., N., Y. und Y.

Für immer ihr!

INHALTSWARNUNG *Dieser Roman enthält explizite Darstellungen körperlicher, psychischer und sexualisierter Gewalt, Rassismus, Sexismus und Misogynie, diskriminierende Sprache und Beschimpfungen, chronische und psychische Krankheiten und Konsum von Alkohol und Drogen. Bitte achten Sie beim Lesen auf sich, da diese Inhalte belastend und retraumatisierend sein können. Detaillierte Angaben am Ende des Buches.*

WAS ES IST

«OHNE MICH BIST DU NICHTS», sagten sie.

«Aus dir wird nie was!», behaupteten sie.

Ich glaubte ihnen.

Und hätte ich nicht damit aufgehört, ihnen Glauben zu schenken, und angefangen, an mich selbst zu glauben, dann hätten sie recht behalten.

Aber es ist mir gelungen, mich freizukämpfen. Es ist mir gelungen, den Scherbenhaufen, der mein Leben war, zusammenzufegen und die Bruchstücke neu zusammenzusetzen. Ich habe sie überlebt. Ich lebe.

Ich habe es geschafft, aber das ist nicht selbstverständlich. Ich möchte zeigen, was Rassismus mit Menschen machen kann, wohin Misogynie führen kann.

Ich schreibe, um anderen Frauen Hoffnung zu geben, damit sie sich nicht schämen und sich ihrem Schicksal ergeben. Ich will, dass du weißt: Du bist nicht allein. Du kannst es schaffen. Wir werden es schaffen. Ich möchte eine Geschichte erzählen, die meiner ähnelt, die meine sein könnte. Ich habe Schlimmes erlebt, Schlimmes gesehen, Schlimmes gehört. Alles wird Teil dieser Geschichte, die warnen will, aber auch ermutigen.

Ihr, die unterdrückt werdet, deren Seelen und Herzen schwarz sind: In euch steckt so viel Kraft.

SEX-TAPE *Wenn das Leben dich ungebeten in deinen Hängearsch fistet, kannst du dich entweder auf den Schmerz konzentrieren oder beschließen, eine Kamera draufzuhalten und ein Sex-Tape daraus zu machen, um es für die ganze Welt bei YouPorn hochzuladen. Ich habe mich für Letzteres entschieden, und das hier, ihr kleinen Voyeure, ist mein Sex-Tape.*

Das hier ist der Anfang vom Ende.

1

ER HAT MICH GEFICKT. Schnell, hart, so wie er es mag. Kurz vor dem Abspritzen zieht er seinen Schwanz raus, um mir den Rest zu geben. Ins Gesicht. Verpasst dem ganzen demütigenden Akt sein Sahnehäubchen.

Grundsätzlich mag ich Sex. Ich mag aber schon lange keinen Sex mehr mit ihm. Er ist schwer, faul und fordernd. Und ich bin müde. Mein Körper und meine Seele sind ausgezehrt.

Er hievt seinen schwitzenden Körper von mir, rollt sich zur Seite und sagt, dass er so viel bessere Frauen als mich gefickt habe und dass er einfach nicht mehr wisse, warum er sich mit mir abgeben solle. Ich rühre mich nicht. Ich versuche, leise zu atmen, damit er schnell in diesen tiefen und erschöpften Schlaf fällt.

Dann habe ich fast keine Angst mehr.

Als ich ihn zum ersten Mal sah, da war ich Anfang zwanzig, stand er auf einer Bühne. Ich fand ihn abstoßend, konnte mit seinem Rap nichts anfangen. Er hatte die Ausstrahlung eines vollgekoksten Zuhälters. Er bereitete mir körperliches Unbehagen. Wie er von der Bühne auf die Menschen vor ihm herabschaute, seine Körpersprache, die sehr deutlich signalisierte, dass er jederzeit bereit war, jedem, der ihm krummkommt, mindestens die Nase zu brechen. Ich war froh, als der Abend vorbei war. Ich wollte ihn nicht näher kennenlernen, diesen Kerl mit fetter Kette, zurückgegeltem Haar und Tattoos am ganzen Körper. Ich hatte diesen Abend schnell wieder vergessen.

Er schnarcht. Natürlich schnarcht er. Dieser miese Bastard. Wenn Selbstzufriedenheit eine Sprache wäre, wäre sein Schnarchen ein Gedicht. Geräuschlos steige ich aus dem Bett. Das Bett, in dem ich nie wieder Schlaf finden werde. Meine Füße berühren das kalte Parkett. Das Haus hat eine Fußbodenheizung, aber er will sie nicht nutzen. Also sammle ich meine löchrigen Wollsocken auf und spüre, wie die Wolle über die Hornhaut meiner Fersen kratzt. Eigentlich ist es andersrum: Meine Hornhaut ribbelt die Wolle auf.

Er schnarcht selig in unserem Bett, und wenn ich jetzt diese eine Fuge überspringe, knarzt das Parkett nicht, und ich kann aus dem Schlafzimmer schleichen.

Sein Smartphone liegt auf der Küchenarbeitsplatte. Es ist schwarz und selbstverständlich das neueste High-End-Modell. Das Display leuchtet auf, das Gerät ruckelt geräuschvoll über die Arbeitsfläche. Verfickte Scheiße, niemand darf ihn wecken. Wer zum Teufel versucht, ihn um diese Uhrzeit zu erreichen? Wer wagt es, ihn zu stören?

Ich bin so chronisch übernächtigt, zwischen permanenter Kraftlosigkeit, Verzweiflung und Hysterie. Ich bin so erschöpft, dass ich jeden Schicksalsschlag, und sei er noch so einschneidend, hinnehme und mich ergebe. Das Handy blinkt immerzu, und ich versuche, die Fassung zu wahren. Doch mir entgleist alles. Ich weiß, dass ich einen Fehler begehe. Es ist mir nicht erlaubt, sein Handy zu berühren. Es ist mir egal. Ich reiße das Gerät vom Ladekabel.

Ich muss an Kurt Cobain denken, der sich einmal im

Vollrausch die eigene E-Gitarre über den Kopf zog. Ich fühle mich genauso berauscht. Sekunden nach dieser bescheuerten Impulshandlung brach Kurt mit schmerzerfüllter Grimasse auf der Bühne zusammen. In meinen Ohren schrillt ein Ton, der alle anderen Nebengeräusche übertönt. Ich versuche, das Display zu fokussieren, doch meine Augen scheinen nichts mehr sehen zu wollen. Meine Sinne versagen nicht, nein, sie boykottieren mich. Mein Körper verrät mich. Und deshalb bemerke ich ihn zu spät.

Er steht neben mir, beobachtet mich mit wachsamem Blick. Wie ein Tier. Und das ist er. Ein Wolf, allzeit bereit, seine Beute zu reißen. Ich bin sein Beutetier. Ein aufgescheuchtes Reh, fahrig und immerzu auf der Hut vor seinen Attacken. Manchmal kann ich ihn mit meinem Blick erweichen, manchmal rühren ihn meine Rehaugen. Meistens aber macht ihn meine Verletzlichkeit rasend. Der Wolf spürt die Schwäche seiner Beute, stellt sie und nimmt ihr das Leben. So ist die Natur der Dinge. Er folgt seinem Instinkt, wer kann es ihm verübeln? Ich will die Flucht ergreifen, doch mein Körper ist von dem vertrauten Schmerz, der sich über die Herzgegend zieht, wie gelähmt.

Ich greife nach meinen Zigaretten, fingere zittrig eine heraus und zünde sie trotz des Rauchverbotes in unserem Haus an. Rauchen ist in seinen Augen ein Zeichen von Schwäche und des Sich-Gehen-Lassens. Der erste tief inhalierte Zug erfüllt mich mit großer Befriedigung. Er gibt mir die Gelassenheit, mich über sein Verbot hinwegzusetzen, ihm in die Augen zu blicken und ihm den Rauch ins Gesicht zu hauchen.

Mit jeder Faser seines Körpers zeigt er mir, dass er bereit

ist. Bereit für das, was jetzt kommt. Bereit, mich zu richten und zu opfern. Er weiß nicht, dass ich ebenso bereit bin. Ich denke an die Kinder, meine Kinder, die auch seine Kinder sind. Ich habe nichts mehr. Ich habe nichts mehr zu verlieren. Außer diesen beiden Kindern. Ihnen will ich die Mutter sein, die sie verdienen und brauchen. Für sie werde ich kämpfen. Und ja, wahrscheinlich wird es das Letzte sein, das ich in meinem Leben tue.

2

ICH WAR EIN WUNSCHKIND, aber ich war nicht geplant. Und war meine Großmutter schockiert, so war meine Mutter unendlich glücklich und stolz auf mich, die sie unter ihrem Herzen trug. Meine Mutter steckte zu der Zeit mitten in der Ausbildung zur Krankenschwester. Sie war nicht die einzige Schwangere in ihrem Jahrgang, doch die einzige, die ihre Patient*innen auch noch hochschwanger versorgte. Sie liebte ihren Beruf.

Meine Mutter, das jugoslawische Gastarbeiterkind, begegnete meinem Vater, der aus Senegal kam, Anfang der achtziger Jahre in einer beengten Diskothek. Während im Hintergrund Nena mit quietschiger Stimme von Luftballons trällerte, hingen meine Eltern sich noch am selben Abend wortwörtlich an den Lippen. Wenn ich den Erzählungen meiner Mama glauben darf, war es für beide Liebe auf den ersten Blick. Sie strahlt, wenn sie mir heute davon erzählt, und es berührt mich zutiefst, meinen Vater, den ich nie kennenlernte, so durch ihre Augen sehen zu dürfen. Lange Zeit wusste ich nichts über meinen Vater, erst als ich schon längst erwachsen war, begann meine Mutter ihre spärlichen Erinnerungen zu teilen.

Meine Mutter glaubte an ihre Liebe. Meine Eltern lebten nie zusammen und trafen sich, wenn ihre Arbeit es zuließ, in der WG meiner Mutter in Duisburg. Auf der Straße stießen sie schnell an die Grenzen, die so eine multikulturelle Beziehung mit sich bringt. Die Leute gafften, sie guckten verächtlich, sie tuschelten, nicht selten wurden sie beschimpft. Der Schwarze Mann würde ihnen eine weiße Frau stehlen, man nannte meine Mutter eine N****-Schlampe. Also blieben sie meist einfach zu Hause. Auch die Familie machte nie Bekanntschaft mit der großen Liebe meiner Mutter.

Und plötzlich, als hätte es die beiden und ihre Liebe nie gegeben, verschwand mein Vater. Gerade als meine Mutter feststellte, dass sie schwanger ist. Da war sie schon im dritten Monat. Ihre Freund*innen echauffierten sich, das habe sie nun mal davon, sich mit einem Schwarzen Mann einzulassen. Aber auch wenn meine Mutter untröstlich war und an schwerem Liebeskummer litt, sie blieb dabei: Er hatte sie geliebt und wird seine Gründe gehabt haben, fortzugehen.

Erst viel später sollte meine Mutter erfahren, dass mein Vater unerwartet verstorben war, aber niemand sie informiert hatte. Er hat nie von ihrer Schwangerschaft erfahren. Er hat nie von mir, seiner Tochter, erfahren.

3

ICH BIN ANFANG ZWANZIG, und während andere in meinem Alter die Nächte in Clubs verbringen, gehe ich aber nur noch selten aus. Umgeben von zu vielen Menschen, werde ich unsicher. Das hat sich mit der Zeit so entwickelt. Schon als Kind wurde ich auf dem Schulweg oft von fremden Menschen angesprochen und, noch viel schlimmer, angefasst. Ich verstand es nicht. Sie griffen mir in die Haare, ins Gesicht, und mancher fragte mich, ob ich nicht mitkommen mag. Ich wusste mir nicht zu helfen und bin immer schnell weggelaufen.

Doch heute hat meine Freundin mich überredet auszugehen. Sie hat unglaublich große Augen, ist schlank und langgliedrig, ein verschmitztes Lächeln mit vollen roten Lippen. Sie ist wunderschön und selbstbewusst. Einer dieser Menschen, mit denen ich mich gerne umgebe, die wissen, wie schwer es mir fällt, all das zu machen, was für andere so selbstverständlich als «sein Leben leben» bezeichnet wird. Genau wie ich ist sie chronisch krank, genau wie ich ist sie dauerhaft müde, und genau wie ich bleibt sie gerne abends im Bett liegen und guckt alberne Comedy-Serien. Wir haben es uns so gut wie möglich eingerichtet. Aber heute gehen wir aus, und wir sind beide nervös. Sie hat einen der sehr rar gesäten Abende, an denen der Schmerz sie nicht lähmt, und deshalb hat sie beschlossen, das angemessen zu feiern. Wenn Schmerzen dein Leben bestimmen, ist nichts naheliegender, als jede schmerzfreie Minute in vollen Zügen auszukosten, zu feiern oder, wie im Fall meiner Freundin, unglaublich viel zu kiffen. Letztlich ist es so, ob man über die Stränge schlägt oder achtsam versucht, Belastung zu vermeiden: Der nächste Tag, der Schmerz, wird wieder kommen, so oder so.

Es ist mir egal, was sie machen will. Ich frage gar nicht erst, wo genau es hingehen soll, weil ich gerade alles scheiße finde. Sie nicht, sie mag ich, sehr sogar. Deshalb gebe ich meinem Herzen einen Ruck und lasse mich überreden. Ich weiß, wie selten es ihr so gut geht, dass sie am Nachtleben oder überhaupt irgendeiner Form normalen Lebens teilhaben kann.

Also ignoriere ich meine eigenen Befindlichkeiten und sitze jetzt mit ihr in ihrer kleinen Karre, aus den Boxen dröhnt «Carlo Cokxxx Nutten», und sie kann jede Zeile fehlerfrei mitrappen. Ich hasse den Track, aber ich lieb das Mädchen! Nur weil sie dabei ist, komme ich in der Warteschlange draußen vor dem Club einigermaßen klar. Ich versuche, die angesoffenen, grölenden Jungs hinter mir zu ignorieren und mich ausschließlich auf meine Freundin und ihre ansteckend gute Laune zu konzentrieren. Vor der Security stehen zig Bierflaschen, die die Konzertbesucher versucht haben, in ihren Eastpak-Rucksäcken reinzuschmuggeln, und wir betreten den Club, der schon jetzt völlig stickig vom Zigarettenrauch ist. Meine Freundin greift beherzt nach meiner Hand und zieht mich hinterher, durch das Gedränge und nach ganz vorne. Wir stehen vor der Bühne, ihr Freund ist nachgekommen, sie hält auch seine Hand. Ein groß gewachsener Lockenkopf mit Wangengrübchen und Dreitagebart.

Ich fühle mich unwohl. Eher noch: Ich fühle mich hässlich. Ich sehe aus wie ein Typ. Ich bin zu dünn, habe keinen ausladenden Arsch, wie man ihn bei einer Schwarzen erwartet, und noch weniger Brust, als man sie bei Frauen allgemein erwartet. Laufen andere bauchfrei rum, bin ich die, die sich meist in weiten Kapuzenpullovern und Jogginghosen versteckt. Ich versuche meinen Hintern zu kaschieren, die weiten Hosen verstecken ihn genauso wie meine Beine, der Pullover versteckt mein nicht vorhandenes Dekolleté. Von meinen groben Gesichtszügen und der viel zu großen Nase versuche ich mit schlecht aufgetragenem Make-up abzulenken. Die Schminke ist mindestens fünf Nuancen zu hell und rotstichig für meinen Hautton. Es gibt in Deutschland kein passendes Make-up für Schwarze zu kaufen, und Onlineshopping ist noch keine Option. Aber keines zu tragen, schaffe ich nicht. Ich würde mich noch schutzloser fühlen. Die Kriegsbemalung gibt mir das Gefühl, nicht ganz ungepflegt zu sein und es wenigstens versucht zu haben.

Während meine Freundin an ihrem Joint zieht und ihr Freund ein Bier nach dem anderen trinkt, halte ich mich mit zittrigen Händen an meiner Flasche Wasser fest. Die Vorbands hüpfen auf der kleinen Bühne rum. Ich verstehe kein Wort von dem, was sie da rappen. Und um ehrlich zu sein, interessiert es mich auch nicht. Ich bin hier, um meiner Freundin einen Gefallen zu tun. Ich bin hier, um den Eindruck zu erwecken, dass man sich nicht um mich sorgen muss. Ich lächle ihr etwas gezwungen zu. Der Beat aus den Boxen macht mir zu schaffen, doch meine quälenden Herzrhythmusstörungen machen mir noch mehr zu schaffen.

Dann wird die Band angekündigt, für die meine Freundin hier ist. Ich zucke innerlich zusammen. Ich hätte doch lieber fragen sollen, was oder, viel wichtiger, *wen* wir uns heute hier ansehen. Hätte ich das gewusst, wäre ich nicht mitgekommen. Ausgerechnet der übertrainierte, tätowierte Zuhältertyp, den ich vor kurzem schon mal auf der Bühne gesehen habe und der mich so abgestoßen hat. Na ja, was soll's. Hauptsache, wir zwei haben mal wieder Spaß.

Wie gerne würde ich jetzt ein Bier trinken. Alkohol lässt die Angst etwas abdumpfen. Aber ich muss fahren und traue mich grundsätzlich nicht aus diesen offenen Bechern zu trinken. Erst vor kurzem wurde eine Bekannte von mir unter K.-o.-Tropfen vergewaltigt und ist nicht nur völlig kaputt, sondern auch schwanger zurückgeblieben. Also kein Bier für mich. Keine Betäubung meiner Sinne. Ungefiltert hämmert der Bass in meinen Ohren, pulsiert in meinem Schädel und drückt gegen meine Bauchdecke.

Ich trete unsicher ein Stück zurück und meinem Hintermann auf die Füße. Der merkt es nicht. Er ist schon völlig euphorisch und brüllt. Prompt bekomme ich eine Bierdusche ab, als er die Arme in die Luft reißt. Das Bier platscht über meine gesamte linke Schulter und über meinen Pulli. Läuft, wortwörtlich! Die Band betritt unter Gebrüll des Publikums die Bühne. Er betritt die Bühne. Blickt in die überschaubare Menge und sieht mich direkt an. Das bilde ich mir nicht ein. Den ganzen Abend wird er mich nicht mehr aus den Augen lassen. Mein restliches Leben wird er mich nicht mehr aus den Augen lassen, aber das kann ich in dem Moment noch nicht wissen. Und als er mich von oben herab immerzu taxiert, weiß ich nicht: Beunruhigt mich das? Oder fühlt es sich gut an? Da stehen Dutzende von Menschen vor ihm in der Dunkelheit, und er hat nur Augen für mich. Diese Form der Aufmerksamkeit ist mir fremd. Mein Gefühl dazu auch: Ich bin neugierig auf den Mann, der mich da anstarrt.

Noch als wir nach Hause fahren, verfolgt mich sein durchdringender Blick. Für eine kleine Weile hatte ich mich besonders gefühlt. Kaum lag ich in meinem Bett, versank ich wieder in meiner Welt, die vor allem daraus bestand, für nichts und niemand besonders zu sein.

Ein paar Wochen später sah ich ihn wieder. Ich fuhr mit meinem damaligen Freund zu einem Breakdance-Event. Als wir auf den Innenhof des Jugendclubs fuhren, stand er ohne Shirt und in Shorts auf dem Asphalt. Er stand nicht: Er tanzte, wirbelte, hüpfte, überschlug sich. Die Sonne brannte, und die Luft roch nach Schweiß und zu viel Parfüm. Es war irgendwie sympathisch, wie sehr er in seinem Element war, wie sehr er mit den Beats ging. Die Tätowierungen am Körper waren schwarz-weiß und auffällig. Mir gefielen sie. Ich fand, sie passten zu ihm. Da auf dem Hof war er unverkennbar in seinem Element.

Die Carhartt-Bermudas wirkten seltsam ordentlich, trotz des weiten Schnittes. Er legte offensichtlich Wert darauf, dass seine Kleidung ordentlich gebügelt war. Seine Air Max sahen aus wie neu, und er trug farblich passende Socken. Das hat sich in mein Gedächtnis gebrannt, ich weiß nicht, warum. Diese Kleinigkeiten habe ich nach dem Treffen immer erinnert, wenn er mir in den Sinn kam. Er, der lokale Rapper, die Breakdance-Legende.

Und sofort war es wieder da, dieses einmalige Gefühl, das ich an jenem Abend gehabt hatte. Warum ausgerechnet er? Warum jemand wie er? Er hatte einen Ruf. Man sprach über ihn. Er soll einem Band-Kollegen bei einer Prügelei zwei Rippen gebrochen haben. Aber das war längst nicht alles. Diese ganze deutsche Rap-Szene war mir immer suspekt gewesen. Ich liebte die Musik, aber das Drumherum empfand ich als abstoßend. Diese Beefs, die so sehr nach PR-Moves rochen. Und plötzlich liefen alle Rapper nur noch wie ihre amerikanischen Vorbilder mit Security rum.

Beim Breaken war das für gewöhnlich nicht so, deshalb war ich einigermaßen irritiert, dass er diese Attitüde vor sich hertrug, als wäre er auch noch stolz darauf!

Mit Gewalt kannte ich mich aus, doch das, was in der Rap-Szene abging, war eine ganz neue Dimension. Aber etwas in mir war auch neugierig, etwas in mir fand das alles sehr aufregend. Wie konnte ein Typ, der so gefährlich war, mich so angucken? Interessiert, warm und freundlich hatten mich seine grünen Augen angeblickt. Mir direkt in mein schwarzes Herz geblickt. Hatte ich mir das alles bloß eingebildet? Was stimmte nun: Mein erster Eindruck, war er der eingebildete Proll, wie ich ihn damals bei der ersten Begegnung erlebt hatte, oder war er dieser aufmerksame, gepflegte Dude, mit dem man gerne befreundet wäre?

Beinahe schüchtern sagte er «Hallo», fragte, wie es mir geht, und war auch schon wieder weg, um die anderen Breakdancer zu bejubeln und einigen Kids Tipps bei ihrem Air Chair zu geben. Es war geradezu rührend, wie er sie voller Anerkennung unterstützte. Seiner Freundin fuhr er liebevoll durch die Haare. Ich blickte ihm ebenso schüchtern, aber vor allem verwirrt hinterher. Dieser Typ, bei dem ich damals auf alles gewettet hatte, dass er bis zum Stirnlappen mit Koks zugeballert gewesen sein musste, weil dieses Selbstbewusstsein, welches er ausstrahlte, einfach nicht normal war. Der Typ, der da mit viel Hingabe Teenies motivierte, hatte so gar nichts mit dem Typen gemein, den ich auf der Bühne gesehen hatte. Sein zurückhaltendes Lächeln machte mich unerklärlich nervös. Nichts daran sollte besonders für mich sein. Warum war es das dann? Weshalb hatte ich bereits bei der Freude, dass er nice zu mir war, ein seltsames Gefühl?

Nein, ich war noch nicht verliebt in ihn, ich konnte nur das, was ich über ihn gehört hatte, nicht mit dem Bild übereinbringen, das sich mir jetzt von ihm bot. War sein Straßenjungen-Image nur Fassade gewesen? Oder war ich doch verliebt? Hatte ich mich in das Gefühl, wahrgenommen und gesehen zu werden, verliebt? Vorsichtig fragte ich meinen Freund, ob es sein könnte, dass der Typ damals high gewesen war. Doch mein Freund lachte nur laut auf. «Der?! Der hat in seinem Leben noch nicht mal gekifft!» Und seit er sich den Knöchel gebrochen hat, weil er betrunken einen Airflare versucht hat, würde er nicht mal mehr Alkohol trinken!

Ich konnte mir nicht helfen: Dieser Typ, fast zwei Meter groß, wirkte bei Licht besehen alles andere als aggressiv. Eher wie ein guter Typ. Nett. Richtig nett.

4

«DU BETRITTST MEIN HAUS nicht mehr, wenn du dieses Kind bekommst», warf meine Oma meiner Mutter an den Kopf, als sie bei ihr aufschlug. Nachdem sie selbst ihre zwei Kinder allein in einem ihr fremden Land aufgezogen hatte, führte sie ihr Matriarchat mit aller Strenge. Sie glaubte fest daran: Wenn du deine Kinder liebst, schlägst du deine Kinder.

Meine Oma wohnte in einer kleinen Mietwohnung in einer klassischen Ruhrpott-Siedlung in Duisburg: graue Häuser, beige Flure mit grau gesprenkelter Steintreppe, kleine Wohnungen und der Stolz aller Mieter*innen: kleine, aber prächtig blühende Balkonkästen mit schmucken Geranien. Der Balkon meiner Oma war der schönste der Siedlung, und darauf war sie stolz. Alle sollten sehen, wie weit sie es gebracht hatte und wie geordnet ihr Leben hier war. Alles in ihrer Wohnung war penibel geordnet, auf dem Fliesentisch im Wohnzimmer lagen selbstgehäkelte Spitzendeckchen.

Der Verzicht hatte immer ihren Alltag bestimmt. Allein deshalb war es ihr ein Anliegen, ihre Wohnung so herauszuputzen und heimelig einzurichten. Dafür arbeitete sie. Und wenn sie von den harten Zeiten ihrer jungen Jahre sprach und davon, dass sie nichts besessen hatte, erklärte sie mit stolzem Blick, dass ihre Kinder alles seien, was sie zum Leben brauche. Sie haderte nicht mit ihrem Schicksal und der harten Arbeit. Das Einzige, was sie Gott wirklich verübelte, war, dass er ihr ihre beiden ältesten Töchter im Wochenbett genommen hatte. Und nun wollte meine Oma nicht dabei zusehen, wie meine Mutter all das, was sie mit harter Arbeit, mit Verzicht bis hin zur Selbstaufgabe aufgebaut hatte, durch einen Fehler zerstörte.

Doch meine Mutter war glücklich. Bis heute sagt sie, dass sie zu keinem Zeitpunkt ihres Lebens glücklicher, stärker und schöner empfunden hat als während ihrer Schwangerschaft mit mir. Selbst Wut auf meinen Vater mochte nicht aufkommen. Ihr Herz war einfach so erfüllt mit Liebe, dass kein Platz für andere Gefühle blieb.

Meine Oma bot meiner Mutter Geld für eine Abtreibung an. Hart verdientes Geld, aufbewahrt in einer alten Kaffeemühle, die sie aus Kroatien mitgebracht hatte. Die Kaffeemühle war fast wertvoller als ihr Inhalt. Es sollte das erste Mal im Leben meiner Mutter sein, dass sie sich gegen ihre Mutter auflehnte. Sie ließ sich weder schlagen noch zu einer Abtreibung überreden. Das Geld nahm sie dennoch. Sie konnte es gut gebrauchen.

Über die Aufsässigkeit meiner Mutter kam meine Oma nicht hinweg. Sie kannte keine Widerrede. Monatelang meldete sie sich nicht mehr bei ihrer Tochter. Aber am Tag meiner Geburt knallten ihre Absatzschuhe auf dem frisch gewischten Linoleumboden des Krankenhauses, und ihre festen Schritte hallten durch die langen Gänge. Meine Mutter erzählte mir, sie habe Oma an jenem Tag schon zwei Etagen tiefer durch die Krankenhausgänge stapfen hören. Nichts und niemand wäre auf die Idee gekommen, sich ihr in den Weg zu stellen. Ein Meter und vierundvierzig Zentimeter in akkurat sitzendem Kostüm und Seidenbluse, ein Rock, der die Knie bedeckte, und Feinstrumpfhose. Hart vom Mund abgespart. Sie wusste, wie schwer es für ihre Kolleginnen sein würde, die Schlieren zu entfernen, die ihre Schuhe auf dem Boden hinterließen. Es war ihr egal. Die sollten es ja nicht wagen, sich zu beschweren. Sie beschwerte sich schließlich auch nie.

Ich, das Neugeborene, verschlief die drohende Gefahr. Ich würde noch lernen, dass man auch im Schlaf auf der Hut sein sollte. Aber nicht an jenem Tag. Ich wachte nicht einmal auf, als meine Oma endlich an der Zimmertür klopfte und, ohne eine Antwort abzuwarten, eintrat. Sie würdigte meine Mutter keines Blickes, ging geradewegs zu dem kleinen Babybettchen, blickte hinein, und was sie dort sah, verschlug ihr abermals die Sprache. Innerlich hatte sich meine Oma auf das Schlimmste vorbereitet, als sie ins Krankenhaus kam, aber das, mich, hatte sie nicht erwartet. Ein uneheliches Kind war schon eine Schande, doch ein Schwarzes uneheliches Kind war unmöglich.

Meine Mutter erzählt immer, wie sich Schweißperlen auf Omas Stirn bildeten, als sie am Babybett stand. Wie ihr Teint aschfahl wurde. Wie sie kurz und heftig ein- und ausatmete. Meine Oma, meine Baka, drehte sich auf dem Absatz um und stapfte, ohne einen Blick in Richtung meiner Mutter zu werfen, wortlos aus dem Zimmer. Abermals knallten ihre Absatzschuhe auf den Boden des Krankenhauses, hallten ihre festen Schritte durch die langen Gänge. Nichts und niemand wäre auf die Idee gekommen, sich ihr in den Weg zu stellen. Sie verließ das Krankenhaus, wie sie gekommen war. Sie fluchte nicht einmal, obwohl sie sonst bei jeder Gelegenheit fluchte. Eine stolze, wütende Frau.

Sie setzte sich in den Bus, fuhr einfach wieder nach Hause und wusch die Gardinen. Sie bügelte sie und hängte sie anschließend wieder auf. Das dauerte die ganze Nacht, wie meine Oma erzählte. Es war ihre Art der Stressbewältigung. Sie macht es noch heute so. Hat sie Streit mit mir, weiß ich, dass am nächsten Morgen die Gardinen so blütenweiß hell leuchten werden, dass sie die Autofahrer auf der Hauptverkehrsstraße vor ihrem Haus blenden. Vielleicht waren diese sehr weißen Gardinen damals ihr Ausdruck der Kapitulation, ihr Eingeständnis, dass sie den Krieg verloren hatte.

Zumindest hatte sie sich gleich am nächsten Morgen in den Bus Richtung Krankenhaus gesetzt. Einen Blumenstrauß in der einen Hand, eine Tüte mit Stramplern, einer Babydecke und einem Kuscheltier in der anderen. Sie betrat zum zweiten Mal das Krankenzimmer, ohne die Erwiderung auf das Klopfen abzuwarten, ging zu meinem Bett, hob mich vorsichtig heraus und tat so, als habe es den vorigen Tag nie gegeben. Sie hatte einen Fehler gemacht, auch wenn sie das nie zugeben würde. Fehler passieren.

Sie sollten ihr noch häufiger passieren. So wie mir auch. Und vielleicht sind wir uns deshalb so nah, weil wir immer wieder Fehler machen, die unsere Liebe zueinander aber niemals schwächen, sondern immer nur stärken.

5

MEINE OMA ERZÄHLTE MIR EINMAL, dass sie kurz nach meiner Geburt zu Besuch kam und aus dem Schlafzimmer lautes Schnarchen hörte. Sie fuhr meine Mutter an: «Wie kannst du so früh schon wieder einen Kerl bei dir übernachten lassen? So habe ich dich nicht erzogen!» Meine Mutter brauchte ein paar Sekunden, um zu verstehen, was meine Oma meinte. Dann bat sie sie ins Schlafzimmer. Und meine Oma staunte nicht schlecht, als sie sah, dass dort kein fremder Mann friedlich schlummerte, sondern ihr frisch geborenes Enkelkind.

Der nächste Mensch, der bei meiner Mutter im Schlafzimmer liegen und schnarchen sollte, war dann er: der Jurastudent aus gutbürgerlichem Haus. Meine Mutter und er hatten sich im Krankenhaus kennengelernt, als ich vier war. Sie arbeitete auf der geriatrischen Station, er besuchte regelmäßig seinen Opa, der dort mehrere Wochen lang gepflegt wurde. Es war das erste Mal, dass ein Mann in unserem Zuhause war, der nicht zur Familie gehörte. Ich kannte sonst nur meinen Onkel, den großen Bruder meiner Mutter, und meinen Opa, den ich kaum verstand, weil er im Gegensatz zu meiner Oma kaum Deutsch sprach. Entweder saß er mürrisch im Unterhemd auf der Couch und guckte kroatisches Fernsehen. Oft schlief er dabei ein, schnarchte wegen seines schweren Asthmas vor sich hin und roch nach einer

Mischung aus Schweiß und Old Spice. Oder er fuhr im Anzug und passendem Hut auf seinem Klapprad durch die Straßen. Jeden Samstag polierte er seinen ganzen Stolz, den khakibraunen Mercedes, auf Hochglanz. Er mochte den neuen Freund meiner Mutter nicht, was ich daran merkte, dass, wenn «der Neue» da war, das bisschen Deutsch, das mein Opa sprechen konnte, zu «Nix verstehen, nix sprechen» zusammenschrumpfte und er sich demonstrativ ins Wohnzimmer verzog, um den Fernseher laut aufzudrehen.

Die Familie des «Neuen» nahmen mich und meine Mutter herzlich auf. Er war ein Einzelkind, das wohlbehütet aufgewachsen war, dessen Beziehung zu seinen Eltern aber immer ein wenig unterkühlt schien. Bei unserem ersten Besuch fuhren wir in dem türkisfarbenen Ford Fiesta meines neuen «Papas» vor. Als wir ankamen, stieg er aus und bat meine Mutter und mich, im Wagen zu warten. Er wollte seine Eltern erst einmal auf uns, das heißt eigentlich auf mich, vorbereiten. Ich verstand damals nicht, warum wir nicht einfach mit ihm ausstiegen, um meine «Großeltern» zu begrüßen. Erst als mein neuer Opa lächelnd an die Scheibe klopfte, die Autotür öffnete und mich aus dem Sitz hob, schien die Anspannung von meiner Mama abzufallen. Der Mann trug mich auf seinen Armen in die Wohnung und war fortan mein Opa.

Er brachte mir Schwimmen bei, guckte abends im Bademantel auf der edlen Couch mit Paisley-Muster Heinz-Erhardt-Filme und teilte dabei sein Studentenfutter mit mir. Ich hatte nun nicht nur einen Papa, ich hatte jetzt auch noch neue Großeltern, die mich wie selbstverständlich bei sich aufnahmen. Ich wollte sie sofort lieben. Ich liebte sie sofort. Auch meinen Stiefvater, denn er war der einzige Vater, den ich hatte.

Dass das, was ich als Liebe empfand, lediglich der verzweifelte Kampf um seine Anerkennung war, und zwar mit allen Mitteln, die einem Kind gegeben sind, sollte und konnte ich erst viel später begreifen. So wie ich um seine Anerkennung kämpfte, kämpfte mein Stiefvater darum, gesellschaftliche Anerkennung dafür zu erhalten, dass er sich einem Kind wie mir annahm. Oft erzählte er die Anekdote, dass sein Vater – mein neuer Opa – früher manchmal in sein Zimmer gekommen wäre und gebrüllt hätte, er solle die elende N****musik ausmachen, sie seien hier schließlich nicht im Busch. Er wollte sich damit von seinem Vater abheben, sich zu einem besseren Menschen machen und verstand nicht, dass ich dabei nichts gewann, dass er mich herabsetzte. Oder vielleicht verstand er es schon.

Mein Großvater hingegen erwähnte diese Anekdote nie. Für ihn war ich besonders, weil ich seine Enkelin war. Nicht mehr, aber auch nicht weniger.

6

ALS ICH IHN DAS NÄCHSTE MAL TRAF, waren wir beide Single. Freunde von ihm schmissen eine Hip-Hop-Party, ich arbeitete an der Bar. Mir ging es in dieser Zeit gerade ziemlich gut. Niemals hätte ich mich für ihn interessieren können, dachte ich, bis er nach meiner Schicht plötzlich vor mir stand und mich fragte, ob er mir noch einen Drink spendieren kann. Ich fand, jeder hat eine zweite Chance verdient, und nachdem er beim Breakdance-Event schon nicht mehr ganz so asozial, arrogant und prollig schien wie bei seinen Auftritten im Club, ließ ich mich darauf ein und bestellte mein übliches Wasser. Wir waren beide gut drauf, und er bot mir an, mir ein paar einfache Moves zu zeigen. Ich hatte gerade eine körperlich stabile Phase und wollte das unbedingt nutzen, etwas auszuprobieren. Ich habe mich so doof angestellt, dass wir immer wieder vor Lachen zusammenbrachen.

«Wie kann man als Schwarze nur so wenig Rhythmusgefühl haben?», schnaubte er, während ich lachend losprustete und mich deshalb wieder einmal wenig cool auf die Fresse legte.

Dann tranken wir unser Wasser und unterhielten uns über das Breaken und Kunst im Allgemeinen, über Musik und was sie uns bedeutete. Ich bin auf ganzer Linie musikalisch völlig unbegabt, aber für mich war Rap-Musik immer alles gewesen. Sie hat mir Halt gegeben, plötzlich gab es da Kids wie mich, die über das sprachen, was auch mich bewegte.

Auf der Heimfahrt über die Autobahn sang ich lauthals bei offenem Fenster irgendwelche cheesy Lovesongs und musste mir eingestehen, dass ich mich Hals über Kopf verliebt hatte. Ich konnte gar nicht damit umgehen, dass er sich voll und ganz auf mich konzentriert hatte, dass er auf mich zugekommen ist, dass wir Spaß miteinander hatten. Leute, die mit ihm quatschen wollten, fertigte er höflich, aber bestimmt ab und wies einen allzu aufdringlichen weiblichen Fan darauf hin, dass er mit mir da sei. Nie zuvor hatte sich jemand so zu mir bekannt. Und während ich in Gedanken der Frage nachhing, ob es ihm wohl auch so gut mit mir gefallen hat, klingelte mein Handy, und sein Name erschien auf dem Display.

«Hey, ich wollte nur sagen, dass ich die Zeit mit dir sehr genossen habe und sie gerne wiederholen würde», raunte er mit seiner tiefen Stimme.

Ein paar Tage später stehe ich vor seiner Tür. Es wird schon recht früh dunkel, und dennoch kann ich sehen, dass die Gegend, in der er wohnt, schick und geradezu idyllisch wirkt. Viele Einfamilienhäuser mit Magnolien und Rhododendren in den Gärten und großen Ahornbäumen, einige kleine Mehrfamilienhäuser. Es passt so gar nicht zu seiner äußeren Erscheinung und seinem Image als Breaker und Rapper. Umso besser gefällt mir, was ich sehe. Ich mag den Kontrast und den Gedanken daran, was die spießigen Nachbarn wohl denken, wenn das tätowierte Muskelpaket hier die Straße entlangläuft. Übersehen können sie ihn wahrlich nicht. Ich bin sicher: Niemand kann das.

Ich hoffe, dass ich trotz der High Heels und des viel zu kurzen Rockes hier nicht auffalle. Den ganzen Aufwand habe ich nur betrieben, um ihm zu gefallen. Ich habe genau zugehört, als er mir am Telefon davon erzählte, was ihm an Frauen gefällt. Sein Geschmack ist anders als alles, was mein Kleiderschrank zu bieten hat, also bin ich extra shoppen gegangen und habe mir ein paar Plateau-High-Heels gekauft. Unbequeme Dinger. Im Auto wechsele ich sie gegen meine Sneakers.

Ich muss mich konzentrieren, mich in diesen mörderischen Teilen nicht voll auf die Fresse zu legen. Bei jedem Schritt rutscht mir der Rock über den Arsch. Ich komme mir etwas albern vor, aber auch ein bisschen erwachsener als in dem Jogger, den ich sonst meistens trage. Darin fühle ich mich wohl, muss mir aber dementsprechend oft anhören, dass ich unmöglich aussehe.

Ich habe das Gefühl, dass ich eine erwachsene Frau spiele, die ich nicht bin. Eine ziemlich schlechte Parodie, aber das soll mich nicht davon abhalten, mein Bestes zu geben und ihn mit dieser neuen Version meiner selbst zu beeindrucken.

Ich atme tief die kühle Luft ein und klingle. Er öffnet die Tür über einen Summer, und ich betrete ein gepflegtes Treppenhaus.

«Hier unten», ruft er aus der Souterrainwohnung, und ich verfluche innerlich die steilen Treppen, die ich zu ihm herabsteigen muss. Er steht schon da und hält mir feierlich die Tür auf. Ich kann seinem Blick nicht standhalten, und vor lauter Scham und Nervosität übersehe ich eine der Stufen, stolpere, falle den Treppenabsatz herunter und lande vor ihm auf den Knien.

«Genau da, wo ich dich haben wollte», lacht er und hilft mir auf.

7

MEINE MAMA UND ICH waren glücklich, als es nur uns beide gab. Wir hatten unseren eigenen Rhythmus. Unsere eigenen Rituale. Es gibt keine konkreten Erinnerungen an diese Zeit, aber ein so rundum wohliges Gefühl. Und einen stechenden Schmerz ab dem Moment, als die eingespielten Abläufe zwischen meiner Mama und mir von außen gestört wurden.

Ich habe es geliebt, bei ihr zu schlafen. Nichts hat mich mehr beruhigt als ihre Wärme und ihr Duft. Das war mein Zuhause. Meine Sicherheit. Wenn ich bei ihr lag, in ihren Armen, konnte mir nichts passieren. Selbst dann nicht, wenn sie außerplanmäßig zur Nachtschicht musste. Auch dann fühlte ich mich sicher, weil alles nach ihr roch.

Als er kam, änderte sich das schleichend. Ich war noch zu klein und begriff nicht, dass mit seinem Eintritt in unser Leben alles aus den Fugen geraten würde. Mit dem unschuldigen Herzen, das nur kleine Kinder besitzen, akzeptierte ich ihn nicht nur, ich liebte ihn. So wie ein Kind seinen Vater eben liebt. Kinder lieben ihre Eltern bedingungslos. Sehr lange, so lange, bis sie eben doch begreifen, dass etwas nicht stimmt. Und oft lieben sie sie trotzdem noch weiter, auch wenn die Liebe gar nicht erwidert wird. Egal unter welchen Umständen.

Wenn ein Paar eine Beziehung eingeht, in der es bereits

Kinder gibt, ist es schwierig, alle Bedürfnisse unter einen Hut zu bekommen. Aber ich machte es ihnen leicht. Ich war noch so klein, dass ich gar nicht hätte aufbegehren können. Mir wurde gesagt, der neue Mann sei mein Vater, und ich war einfach glücklich, endlich einen zu haben. Ich wollte ihm unbedingt gefallen.

Mein Stiefvater zog bei uns ein, als ich fünf war. Erst kam er nur an den Wochenenden und manchmal unter der Woche, dann zog er in unsere Wohnung im Mehrfamilienhaus, das für das Krankenhauspersonal bereitgestellt worden war. Es ging so schnell, dass ich mich an keinen Übergang erinnern kann. Plötzlich war er da. In dem Alter hat man kein Gefühl für Zeit. Ich mochte ihn, auch wenn er mir schnell zu verstehen gab, dass ich anders war, eine «Mul*****». Damals wusste ich nicht, was er damit meinte. Was bei mir hängenblieb: Ich war anders.

Anfangs kümmerte er, der Neue, sich noch um mich, er brachte mir gerne Dinge bei, erklärte mir juristische Sachverhalte oder übersetzte die Songtexte von seinem Lieblingssänger Peter Gabriel und erzählte mir, wie und wo die Songs entstanden waren. Insbesondere über Politik sprachen wir viel, und so konnte ich schon als Grundschulkind über die Apartheid in Südafrika referieren. Hatte ich mir etwas besonders gut gemerkt oder Zusammenhänge richtig erklärt, führte er anderen stolz vor, was ich von ihm gelernt hatte.

Aber immer öfter machte er sich regelmäßig einen Spaß daraus, mich vor der Familie zu demütigen. Er erklärte, dass ich ja nichts dafürkönne, dass ich nicht so klug sei, es stecke eben «in den Genen». Und so festigte sich in mir das Gefühl, falsch zu sein. Kaputt irgendwie. Meine Mutter war in der Hinsicht oft unachtsam. Vielleicht lag es daran, dass sie viel zu beschäftigt damit war, mich und jetzt eben auch meinen studierenden Stiefvater zu finanzieren. Sie sah nicht, dass solche Aussagen verletzend waren, sondern fasste sie als kleine Sticheleien auf. Sie konnte sich einfach nicht vorstellen, warum jemand mich verletzen wollen würde. Ich war ihr Kind, das sie liebte, weshalb sollten Menschen, die sie liebten und vorgaben, mich ebenfalls zu lieben, mir böswillig schaden wollen?

Sosehr ich mich auch um seine Liebe bemühte, dauerte es doch viel zu lange, bis ich begriff, dass er mich nicht wirklich zurückliebte. Nach und nach fand er immer mehr Gründe, warum ich störte. Seit er bei meiner Mutter schlief, war in ihrem Bett kein Platz mehr für mich. Er wollte das nicht. Er sagte: «Du riechst anders als wir, weil du schwarz bist», wenn ich es doch wagte, mich zu ihr zu kuscheln. Ich durfte mich nicht auf sein Kissen legen oder mich mit seiner Decke zudecken. Daran hielt ich mich meistens auch. Wenn ich es vergaß, erinnerte er mich lautstark daran. Mein Gefühl von Sicherheit, von Geborgenheit schwand dahin.

Und ich vermisste meine Mutter. Ich vermisste es, bei ihr zu schlafen. Am schönsten war es, wenn sie Nachtschicht hatte und mich gegen Mittag noch einmal in ihr Bett holte und wir den Tag gemeinsam verschliefen. Sie guckte mich dann manchmal mit verträumtem Blick an und sagte, dass sie mich, ihr braves Mädchen, liebte.

Nicht nur als kleines Kind setzte ich alles daran, um von ihm so zurückgeliebt zu werden, wie ich ihn liebte. Der Liebe meiner Mutter war ich mir stets sicher, und ich sah keinerlei Dringlichkeit oder Not, darum zu kämpfen. Bei ihm war ich mir nie sicher gewesen, weder als Kleinkind noch als junge Erwachsene. Also kämpfte ich um ihn und darum, dass er, mein Stiefvater, mich so bedingungslos liebte, als wäre ich sein eigen Fleisch und Blut. Dass er nicht mein leiblicher Vater war, wurde mir erst viel später bewusst.

8

DER SCHUSS. MEINE CHANCE. Meine Füße trommeln in festgeschnürten Spikes im Stakkato auf den feuchten Waldboden. Zweige peitschen mir ins Gesicht. Die Kälte zerreißt meine Glieder geradezu, meine Lunge inhaliert kristallene Waldluft.

Viele kleine Schritte, hat mein Trainer gesagt. Bergauf musst du immer schnelle, kleine Schritte in die Erde hämmern. Mein Herz pumpt. Meine Lunge schmerzt heiß. Alles egal. Scheißegal. Abschalten. Nicht denken. Keine Rücksicht nehmen. Nur ich, der Wald und die Konkurrenz.

Never fuck a fucker!

Und ehrlich, in diesem Game bin ich der Ficker. Hier herrsche ich. Ich bin neun Jahre alt und im Vergleich zu anderen Mädchen meines Alters zu klein und zu schmächtig. Dennoch laufe ich sogar mit erwachsenen Männern auf der Tartanbahn unseres Bezirks Kilometer um Kilometer um die Wette und gewinne gegen sie. Jedes Mal. Ich liebe es. Hier bin ich kein Opfer. Hier bin ich die verschissene Queen of fucking everything.

Mein Trainer schreit, und ich renne durch den Wald. Er schreit, aber ich höre nicht, was er sagt. Mein Trainer war um die fünfzig Jahre alt, Vertriebler, und so wie ich in seiner Jugend Mittel- bis Langstrecke gelaufen. Ich konzentriere mich darauf, zu überleben. Jeder in der Kälte kristallin gewordene Atemzug, der meine Bronchiolen erreicht, jeder Spike, der sich mit all der möglichen Energie, die ein neunjähriger Körper freizusetzen imstande ist, in die Erde bohrt, erfüllt meine krankende Seele mit einem von Endorphinen, Serotonin und Adrenalin geschwängerten Rausch, der alles dominiert.

Noch während des Hochs spüre ich, wie die Magensäure erst meine Speiseröhre, dann meinen Hals und zuletzt meinen Mund füllt. Ich ignoriere es. Ich will gewinnen. Das hier ist das Einzige, was ich kann. Das Einzige, was mir gehört. Ich lasse mir das nicht nehmen. Von niemandem. Auch nicht und erst recht nicht von mir selbst. Ich ziehe das durch. Und wenn ich gewonnen habe, fallen sie alle vor mir auf die Knie. Natürlich tun sie das, denn ich bin ein läuferisches Genie.

Bow down bitches, the Queen is in town.

Ich muss es irgendwie ins Ziel schaffen. Die Spikes hämmern nicht mehr so selbstbewusst und hart in den Boden. Die Atemzüge reichen nicht mehr tief genug in die Spitzen der Lungenflügel. Kurz, abgehackt heucheln sie mir lediglich das Gefühl vor, noch am Leben zu sein. Ich muss es ins Ziel schaffen. Ich bin neun Jahre alt.

Hier bin ich kein Opfer. Hier mache ich sie alle fertig!

9

«ICH BIN EIN ARMES N****mädchen. Ich habe keine Mama, ich habe keinen Papa, und ich bin sehr, sehr arm», erzähle ich den staunenden Omis, die sich auf die Parkbank gesetzt haben, um den Kindern auf dem Spielplatz zuzusehen. Die Sonne scheint, es ist ein schöner Tag. Und die Omis, die zu mir herabschauen, wie ich mit meinem Afro auf dem knallgelben Dreirad sitze, sind zu Tränen gerührt. Ich verstehe nicht wirklich, warum die alten Schachteln anfangen, in ihren Taschen zu kramen, und hoffe, ich bekomme ein Bonbon. Vielleicht eines dieser Karamellbonbons, die meine Oma mir immer gibt. Der Gedanke gefällt mir, und ich beginne breit zu grinsen. Doch statt des erhofften Bonbons drückt mir jede der Damen ein paar Pfennige in die Hand. Ich kann das Geld noch nicht zählen, dafür bin ich viel zu klein, aber ich finde das ganz schön nett von diesen fremden Frauen.

Ich weiß gar nicht, weshalb meine Eltern immer sagen, dass ich nicht mit Fremden sprechen soll. Mein Ausflug hat sich schon jetzt gelohnt.

Hierherzugelangen war extrem mühsam. Meine Mutter lag nämlich nach der Nachtschicht noch im Bett und war zu erschöpft, um mit mir zu spielen, und mein Vater steht nie vor meiner Mutter auf. Also bin ich alleine los. Schnappte mir mein Dreirad, öffnete die Wohnungstür und schlüpfte auf den Hausflur. Holte den Aufzug. Musste im Aufzug auf das Dreirad steigen, um an die Taste für das Erdgeschoss zu kommen. Ganz schön anstrengend. Die größte Herausforderung wartete aber noch auf mich: die große schwere Haustür, die ich nicht alleine öffnen konnte. Na ja, solange ich nicht rauskam, fuhr ich einfach mit dem Dreirad im Hausflur. Machte auch Spaß. Ich trug keine Uhr, warum auch, ich konnte sie ja eh nicht lesen, aber ich fuhr schon eine Weile auf und ab, bis jemand die Haustür öffnete. Meine Chance, ins Freie und in den Park vor unserem Haus zu gelangen.

Jetzt freue ich mich über meine Selbständigkeit und darüber, dass ich so vernünftig war, meine Eltern noch schlafen zu lassen. Ich weiß, meine Mutter ist müde von der Nacht und auch, dass «der Job anstrengend» ist. Die werden überrascht sein, wie groß und vernünftig ich schon bin. Und wenn meine Eltern gleich noch erfahren, dass ich auch Geld verdiene, sind sie bestimmt richtig glücklich. Gut, ich habe die Omis vielleicht ein bisschen angeflunkert, und ich weiß auch nicht so genau, was ein N****mädchen ist, aber dass ich vielleicht eines bin wie die armen Kinder, die manchmal im Fernsehen gezeigt werden, das weiß ich wohl schon.

Ich stecke die Pfennige in die vordere Tasche meiner Latzhose, bedanke mich höflich, wie ich es gelernt habe, und fahre weiter zur nächsten Parkbank und zu den anderen Rentnerinnen, die es sich im Schatten der Bäume gemütlich gemacht haben. Die gucken auch schon ganz gespannt. Weiter ins Dreirad treten und schnell noch mehr Geld für die armen Eltern verdienen. Gerade als ich meinen allertraurigsten Blick aufsetzen will, spüre ich einen kleinen Windschwung und werde in die Luft gerissen.

Erschrocken bleibt mir der Satz, den ich brav aufsagen will, in der Kehle stecken. Ich werde von den Händen eines sehr großen Mannes an den beiden Trägern meiner Latzhose in der Luft hängend festgehalten. Der Mann ist mein Stiefvater, und er brüllt mich an. Die Omis und Opis zucken zusammen. Die drei von der Parkbank springen erschrocken auf, sie sammeln ihre eingerosteten Muskeln und Knochen zusammen und bemühen sich, so schnell es ihnen möglich ist, aufzustehen und zu uns zu kommen.

«Entschuldigen Sie bitte, aber was machen Sie mit dem armen N****mädchen da?», fragt die eine Omi empört, und ihre Wangen färben sich vor Aufregung von aschfahl zu leuchtend rot.

Mein Stiefvater schnaubt wütend «Wie bitte?» und starrt die arme Oma mit wutverzerrtem Gesicht an.

«Na, was Sie mit dem N****mädchen machen, habe ich gefragt!», wiederholt die mutige Rentnerin.

«Das N****mädchen ist meine Tochter, werte Dame, und was ich mit ihr mache, geht Sie gar nichts an!», zischt mein Stiefvater mit aller Beherrschung, die er noch aufbringen kann. Dann stapft er mit dem Dreirad unter dem einen und mir unter dem anderen Arm in Richtung unseres Zuhauses. Der Rückweg kommt mir viel länger vor als der Hinweg. Das liegt vielleicht daran, dass mein Stiefvater mir den ganzen Weg lang ruhig und sachlich erklärt, wie er mir, sobald wir zu Hause sind, den Hintern versohlen wird.

Ich weine. Nicht wegen der Schläge, sondern weil ich gemerkt habe, wie mir das Geld aus der Vordertasche gefallen ist, als mein Stiefvater mich in die Luft riss. Jetzt kann ich meinen Eltern nicht mehr beweisen, was für ein braves Mädchen ich bin und dass ich Geld für sie verdient habe.

10

ER SAGTE MIR, er würde mich zu der leuchtenden Frau machen, die in mir schlummere. Eine reife, eine erwachsene und begehrenswerte Frau. Ich glaubte ihm. Er war fünf Jahre älter als ich. Er stand auf Bühnen, konnte die Menschen mit seiner Musik und seinen Moves begeistern. Mit dem Breaken hatte er es sogar über Deutschland hinaus zu einem kleinen, aber beachtlichen Ruhm gebracht. Und obwohl er gar nicht besonders attraktiv war, war er stets von Frauen umgeben, die ihn begehrten. Ich wusste davon. Er sagte, dass er nur mir so sehr vertraue, dass er sich nur mir ohne den geringsten Zweifel öffnen könne. Ich sah ihm in seine grünen Augen und glaubte ihm. Ich glaubte ihm, weil ich ihm glauben wollte. Ich wollte eine ehrliche und wahrhafte Beziehung. Endlich, sagte er, gebe ihm eine Frau das Gefühl, nicht fremdgehen zu müssen. Und so verliebte ich mich in ihn.

92 Kilogramm sitzen jetzt auf meinem Brustkorb. Es ist nicht nur die Masse, die mir den Atem nimmt. Seine kräftigen, rauen, eingerissenen Hände umschlingen meinen Hals. Seine Muskeln machen mir Angst, er drückt 140 Kilo auf seiner Hantelbank. Meine sauerstoffarmen Gedanken driften ab.

Er wird mich töten, ich weiß es. Warum war das Schicksal nicht so gnädig, mich vor ein paar Wochen gehen zu lassen? Ich habe nicht den beidseitigen Lungenkollaps überlebt, um jetzt durch seine Hände zu sterben. Im Hintergrund höre ich, wie unser Kind mit brüchigem Stimmchen aus seinem Zimmer herausruft: «Mama?»

Er spuckt beim Schreien. Er geifert. Er brüllt: «Dummes Stück Dreck!» Wut schäumt über sein verwaschenes T-Shirt. Ich habe es übersehen und mit den Handtüchern bei 60 Grad gewaschen. Er kann meine Nachlässigkeit nicht mehr ertragen. Und es ist absurd, ich möchte mich so gerne entschuldigen, ihm sagen, wie sehr ich es bereue, nicht die Frau zu sein, die er braucht. Aber er drückt mir immer noch die Luftzufuhr ab. Ich bin winzig klein und mutterseelenallein.

Meine Finger krallen sich in den Flokati. Ich spüre einen Krümel. Ich habe zu nachlässig gestaubsaugt. «Nutzlose Schlampe!» Er hat recht, denke ich. Ich kann nicht mal den Teppich anständig reinigen. Ich bin zu nichts zu gebrauchen.

Dann dringt die Stimme unseres Kindes zu mir durch. So leise wie ein kleines Vögelchen, dem man vergessen hat, frisches Wasser und Futter in den Käfig zu stellen, haucht es: «Mama?» Es berührt mich so tief, dass mein Körper darauf reagiert, als wäre er einem elektrischen Schlag ausgesetzt. Ich löse meine Finger aus dem Teppich, lasse den Krümel fallen und umgreife seine angespannten Arme. Ich suche seinen Blick. Diese Augen, an denen ich mich so lange nicht sattsehen konnte. Ich darf nicht weinen, nichts hasst er mehr. Rau und fremd durchbricht meine Stimme die Sperre um den Kehlkopf.

«Bitte», presse ich hervor, «bitte, ich mache es wieder gut!»

Manchmal übergebe ich mich. Ich bin nicht bulimisch. Ich übergebe mich, weil mein Körper nicht akzeptieren mag, was mein Kopf längst weiß: dass ich hoffnungslos verloren bin. Ich sehe meine ausgezehrten Arme, meinen eingefallenen Brustkorb. Ich sehe aus wie die Kastanienmännchen, die ich im Herbst mit unserer Tochter gebastelt habe. Mein Bauch ist noch immer aufgequollen von der Schwangerschaft, meine Beine dünn wie Streichhölzer. Ich sehe meinen Verfall, kann ihn nicht leugnen, selbst wenn ich es wollte. Mein Geist ist die Geißel der hässlichen Fratze der Verzweiflung.

Wo fing es an, dieses elende Trauerspiel, das jetzt mein Leben ist?

11

MEINE SCHULZEIT WAR KOMPLETT VERKACKT. Es begann schon im Kindergarten. Meiner Mutter sagte man, einige Eltern hätten es ihren Kindern verboten, mit mir zu spielen, weil ich ein schlechter Umgang sei. Dabei war ich ein ganz normales Kind, das ganz normale Dinge mochte. Verstecken spielen, Puppen an- und ausziehen, im Matsch platschen. Meine Mutter war so erschüttert, dass sie mich für eine Weile aus dem Kindergarten nahm und, so gut es ging, selbst betreute.

Der Wunsch meiner Mutter, es anschließend besser zu machen, führte zur nächsten Katastrophe. Sie schickte mich auf eine private Grundschule in der Nachbarstadt. Es war keine elitäre Schule, aber eine mit anthroposophischem Ansatz, und das versprach Frieden und Toleranz. Außerdem war unser Nachbar dort Lehrer und mit meiner Mama und meinem Stiefvater befreundet. Er nahm mich morgens immer mit dem Auto mit. Ich mochte ihn. Er war sehr nett, aber vor allem sehr lustig, sodass wenigstens die Fahrten zur Schule Spaß machten.

Vom ersten Schultag an war ich unglücklich. Ich besaß keine handgemachte Waldorfpuppe. Meine Klamotten waren nicht selbstgenäht, gestrickt oder gehäkelt. Und schon am Tag der Einschulung stach ich aus der Menge heraus, weil ich einen bunten Scout-Tornister trug und keinen

Lederranzen. Als ich in der Klasse verriet, dass ich eine Barbie besaß, war der Drops für das kommende Schuljahr gelutscht, denn man sah es dort nicht gerne, dass die Schüler*innen mit Plastik spielten.

In diesen ersten anderthalb Schuljahren lernte ich weder Lesen noch Schreiben. Nicht einen einzigen Buchstaben konnte ich identifizieren. Nicht eine Zahl konnte ich zuordnen, geschweige denn etwas ausrechnen. Ich konnte nichts. Ich malte eineinhalb Jahre lang mit Wachsmalstiften. Wenn meine Eltern erstaunt nachhakten, was ich denn da Schönes gemalt hätte, antwortete ich stolz: «Eine Kartoffel!» Natürlich beschwerten sich meine Eltern irgendwann bei meiner Klassenlehrerin, aber das half auch nicht.

Schlimmer als alles andere war, dass die Schule nicht im Entferntesten der Ort war, den sich meine Mutter für mich gewünscht hatte. Alle Kinder waren weiß, deutsch und hatten natürlich total tolerante Eltern zumindest dem Anschein nach. Aber Kinder toleranter Eltern sind nicht automatisch auch tolerant. Kinder können grausam sein.

Ich wollte vor allem spielen, aber in meiner Klasse wollte keiner mit mir spielen. Viele meiner Klassenkamerad*innen kannten sich bereits aus dem Kindergarten, aber da ich aus der Nachbarstadt kam, kannte ich niemanden. Als ich wieder einmal weinend nach Hause kam, war meine Mutter sehr deutlich, dass sie mich nicht aus der Schule nehmen könne. Mit der Schule beginne der «Ernst des Lebens». Drunter machten die Erwachsenen es nicht mehr. Ich musste da durch.

In einer der ersten Wochen sagte mir einer der Jungen in der großen Pause, dass er eine Überraschung für mich hätte, und ich freute mich. Vielleicht spielen wir ja zusammen Fangen oder Verstecken, dachte ich, als ich mich ins Gewimmel auf dem Schulhof stürzte. Die Sonne strahlte mit mir um die Wette, als ich den Jungen entdeckte, der vielleicht mein erster Freund hier werden würde. Aufgeregt winkte ich ihm zu, und er signalisierte mir, dass ich ihm zu den Müllcontainern folgen sollte. Als ich um die Ecke bog, sah ich, dass er nicht alleine war: Meine gesamte Klasse hatte sich versammelt. War das die Überraschung? Wollten die etwa alle mit mir spielen?

«Das ist der beste Tag meines Lebens», sagte ich übereifrig zu meinen Klassenkamerad*innen. Dann kam der Junge, der mich hergelockt hatte, einen großen Schritt auf mich zu und riss mir meinen Rock mitsamt meiner Unterhose bis zu den Knien runter.

«Wette gewonnen», schrie jemand, «sie ist wirklich überall schwarz!» Alle johlten und lachten.

Das ist also «der Ernst des Lebens», dachte ich, während ich peinlich berührt und unendlich traurig versuchte, Rock und Unterhose hochzuziehen.

Nach eineinhalb Jahren, in denen ich nichts gelernt hatte und ein absolutes Außenseiterkind war, nahm meine Mutter mich von der Schule und steckte mich in die Grundschule unseres Brennpunktviertels. Hier kam ich klar. Und unter all den Kindern fühlte ich mich das erste Mal wirklich angenommen. Ich fiel nicht weiter auf. Ich war endlich einfach normal. Einige Mütter trugen Kopftücher, und die Kinder hießen nicht Sophie, Anna, Moritz oder Christian, sondern Murat, Yelda und Nadine. Ich war eine von vielen, und das war unfassbar entlastend.

Ich hatte das Gefühl, endlich sein zu dürfen, wie ich bin, ohne dass etwas seltsam, ohne dass *ich* seltsam gewesen wäre. Ich durfte wie selbstverständlich mitspielen, ich stand nicht mehr verschüchtert in der vermeintlich sicheren Ecke des Schulhofs und beobachtete, wie andere Spaß hatten. Jetzt war ich mittendrin. Sogar vorne mit dabei. Beim Völkerball wurde ich meistens als Erste gewählt, und ich wurde Klassensprecherin.

Weder für die Lehrer*innen noch meine Mitschüler*innen war ich anders, also fragte auch niemand nach meinen Eltern oder nach meiner Herkunft. Es interessierte einfach niemanden. Ich war ich, und das reichte allen. Und weil das so war, fiel mir das Lernen leicht, ich hatte gute Noten. Diese Jahre waren die besten. Ich konnte Luft holen. Ich konnte wachsen. Und vielleicht ist es das Gefühl dieser Jahre, das mein immerwährender Sehnsuchtsort wurde.

Denn alles änderte sich mit dem Wechsel auf die weiterführende Schule. Und die weiteren Wechsel, die folgten. Nirgends kam ich wieder so mit wie in der Grundschule, nirgends sonst hatte ich den Kopf so frei, nirgends sonst konnte ich mich einfach mit dem beschäftigen, wofür Schule da ist.

12

ER WAR WUNDERSCHÖN. Das Schönste, was ich je gesehen hatte. Dieses kleine glatzköpfige Wesen mit den stahlblauen Kulleraugen, den geröteten Wangen und der kleinen Stupsnase. Mein kleiner Bruder. Die größte Liebe, die ich bis dahin kannte. Er kam zur Welt, als ich acht Jahre alt war. Meine Mutter lag in ihrem Bett auf der Entbindungsstation und hielt mir das kleine Bündel entgegen. Mein Stiefvater sagte: «Das ist dein kleiner Bruder», und kaum ein Satz in meinem Leben hatte mich jemals mit mehr Liebe und Stolz erfüllt. Diese große Liebe zog beinahe nahtlos vom Krankenhausbettchen in mein Bett um. Wir waren unzertrennlich. Ich konnte mich nicht von ihm lösen. Ich wollte die beste große Schwester sein, die ein kleiner Junge je gehabt hatte.

Und zugleich beschlich mich immer mehr das Gefühl, dass mit mir etwas nicht stimmte. Mit der Geburt meines Bruders bekam ich ein viel klareres Bild davon, dass nicht alle Kinder gleich sind. Dass ich anders war. Und diese Andersartigkeit begann zwischen uns zu stehen. Nicht seinetwegen. Nicht meinetwegen. Aber alle anderen ließen es uns so sehr spüren, dass wir unterschiedlicher nicht hätten sein können.

Er hatte schon als Baby all das, was ich mir wünschte: weiße Haut, blaue Augen und glattes Haar. Ich verstand, warum er so viel mehr geliebt wurde. Mit ihm war alles leicht. Niemand starrte ihn abfällig an. Seinetwegen mussten sich meine Eltern nicht erklären. Und als er größer wurde, beschimpfte niemand ihn mit dem N-Wort oder fragte ihn, in welchem Asylantenheim er wohnte oder woher seine Eltern kamen und ob man in Afrika wirklich hungern musste. Er war, wie ich sein wollte. Dafür liebte ich ihn noch mehr. Mein Ein und Alles. Nicht mal meine blonden Barbies hatten so schöne Haare wie er. Er war genau richtig. Ihn musste man nicht mit besonderer Strenge erziehen.

13

ALS KLEINES MÄDCHEN hatte ich immer Angst, wenn ich Schwarzen Menschen begegnete. Obwohl sie meist freundlich und zugewandt waren und mich sogar anlächelten oder mir zuwinkten, versteckte ich mich oft hinter den Beinen meiner Mutter oder meines Stiefvaters, damit sie mich nicht mehr sehen konnten. Mir machten Schwarze einfach Angst.

Ich nahm mich selbst lange nicht als Schwarz wahr. Und so war es mir unheimlich, dass sie so auf mich reagierten. Meine Eltern lachten peinlich berührt darüber hinweg. Alles, was ich über Schwarze wusste, waren die Narrative, die man mir bereits von klein auf beigebracht hatte: Sie führten erbitterte Kriege gegeneinander. Sie machten Kinder zu Soldaten. Sie arbeiteten nicht, waren faul und stanken. In der Schule sang ich das Lied von den «Zehn kleinen N****lein» lautstark mit und war die Schnellste bei dem Spiel «Wer hat Angst vorm Schwarzen Mann?». Ich übernahm, was die Gesellschaft mich lehrte. Erklärungen dazu gab es nicht. Ich begriff nicht, warum und wie ich eines dieser N****lein sein konnte. Und immer, wenn ich mal einer Schwarzen Person begegnete, was selten vorkam, meistens beim Einkaufen, erschrak ich darüber, wenn sie freundlich nickten. Was wollten die von mir, und warum ließen sie mich nicht in Ruhe? Es waren Erwachsene, und ich hasste Erwachsene, die mir zu nahe kamen. Sprachen sie mich an, lief ich weg, so wie man es bei Fremden eben macht. Waren meine Eltern dabei, entschuldigten sie es lächelnd mit meiner Schüchternheit.

Meine Familie konnte mir so vieles nicht erklären.

14

DER VATER MEINER KINDER und ich, wir hatten auch gute Zeiten. Sie hielten nicht lange an, waren nicht von Dauer, aber es gab sie, die guten Zeiten. Rückblickend würde ich es als okaye Zeiten bezeichnen, denn nichts ist gut, wenn du immer im Hinterkopf hast, dass die Stimmung innerhalb eines Augenblicks kippen und vermeintliche Zuneigung sich in tiefsten Hass verkehren kann. Aber erst mal war ich verliebt, sehr sogar. Zum ersten Mal konnte ich mir vorstellen, wie es ist, eine intakte Familie, meine eigene kleine Familie zu haben. Hatte ich vorher lange nie Mutter werden wollen, wuchs jetzt in mir die Sehnsucht, mit ihm eine Familie zu gründen. Eine Familie, wie er sie mit seinen Eltern hatte. Sie hatten eine liebevolle Beziehung zu ihrem Sohn, und er war in einer Welt aufgewachsen, die meiner so fremd war. Meine Mama liebte mich, aber intakt war bei uns zu Hause nichts. Seine Mutter arbeitete halbtags als Floristin, sein Vater ließ pünktlich um 17 Uhr den Stift in seinem Büro der Bank fallen und saß jeden Tag pünktlich um 18 Uhr am Esstisch der Familie. Totales Spießertum, das mich schwer begeisterte. Man sprach auch nicht so miteinander, wie ich es von zu Hause kannte. Seine Mutter war zwar distanziert mir gegenüber, aber immer um Höflichkeit bemüht. Ihr Sohn war ihr Leben. Und so etwas wollte ich auch haben. Ein Stück Normalität, dachte ich. Dafür gab ich meine kleine Einzimmerwohnung im Stadtzentrum auf. Ich träumte von einer Zukunft, die ich mir idyllisch ausmalte. Zu spät begriff ich, dass der Traum zum Albtraum wurde, denn angekündigt hatte es sich nicht – und wenn doch, dann wollte ich die Zeichen nicht sehen!

Eine strenge Grundhaltung mir gegenüber besaß er von Beginn an. Auf seltsame Art fühlte ich mich damit anfangs gut, ich sehnte mich nach etwas, das mir Klarheit gab. Er war richtiggehend spießig und war in einem Umfeld aufgewachsen, in der klassisch patriarchale Strukturen vorgelebt wurden. Mir war das insofern fremd, als dass meine Mutter anfangs alleinerziehend und später alleinige Ernährerin unserer Familie war. Strukturen irgendeiner Art kannte ich nicht, auch nicht von mir selbst. Der Entschluss, gemeinsam eine Familie zu gründen und Eltern zu werden, war von uns beiden verfrüht getroffen. Ich kam zwar zurecht im Leben, ich war auch nicht dauernd hoffnungslos überfordert, aber manchmal eben schon. Und er teilte zwar meinen Kinderwunsch, war aber nicht bereit, das, was er Freiheit nannte, das Reisen, die Auftritte und das ständige Training, aufzugeben. Plötzlich sagte er, er wolle nicht wie sein Vater in einer Bank enden. Das verstand ich zwar, war aber auch enttäuscht darüber, dass er nicht wenigstens versuchte, gemeinsam mit mir unser Neugeborenes zu betreuen.

Bevor ich das erste Mal Mutter wurde, hatte ich das Gefühl, nichts Sinnhaftes beitragen zu können zu dieser Welt. Ich hatte keine richtige Arbeit und keine Perspektive. Ich hielt mich mit Nebenjobs über Wasser, wie dem Putzen von Wichskabinen im Pornokino. Oder spielte Rezeptionistin in irgendwelchen dubiosen Versicherungsunternehmen. Was sich so ergab, ich war weiß Gott nicht wählerisch. Immer wieder bewarb ich mich auf Ausbildungsplätze. Ich fing eine Ausbildung zur Bekleidungstechnikerin an, aber meine Fähigkeiten in Mathe waren zu schlecht. Und eine Ausbildung zur Krankenschwester, die ich körperlich nicht durchhielt wegen meiner Erkrankung.

Seine Strenge, seine klaren Vorstellungen davon, wie die Dinge zu sein hatten, was ich als Frau aus seiner Sicht für Aufgaben hatte, wie das Haus auszusehen hatte – all das gab mir für eine Weile Halt, gab mir das Gefühl, ein normales Leben führen zu können, ein gesellschaftlich anerkanntes Lebensmodell zu leben. Erst zog ich zu ihm in die Souterrainwohnung, aber kurz nach der Geburt des ersten Kindes wollte er mehr Platz für uns, und so zogen wir in ein kleines Endreihenhaus am Stadtrand. Ich konnte durchatmen. Wir hatten einen normal spießigen Vorgarten, ich besorgte Blumenkästen für die Fensterbänke und Gardinen für die Küchenfenster. Einen Großteil der Woche war er unterwegs, entweder weil er auf irgendeinem Breakdance-Event war oder weil er mit den Jungs probte, und so hatte ich zum ersten Mal in meinem Leben viel Platz, und das genoss ich.

Die Beziehung fühlte sich zu der Zeit vor allem so an wie ein sicherer Anker. Auch er verdiente keine Unsummen, drängte mich aber doch, meine Jobs aufzugeben. Ich sollte mich auf meine Aufgabe als Frau und Mutter konzentrieren können. Ich fand das süß und rücksichtsvoll von ihm. Oft sagte er, dass er sich etwas Besseres für mich wünschte, aber tatsächlich forcierte er damit vor allem die Abhängigkeit von ihm und meine Hilflosigkeit.

Mit Ende zwanzig war ich eigentlich immer noch zu jung und unreif. Vor allem aber war ich erschöpft, weil ich gerade wieder einmal meinen eigenen Körper überlebt hatte. Als wäre eine normale Schwangerschaft nicht schon anstrengend genug!

Der finanzielle Druck stieg, und er wurde unsicher, ob das Geld für ein Kind reichen würde, weil es nur noch ein Einkommen gab, wurde zunehmend frustriert und wütend. Und zugleich gab er vor Familie und Freunden mit meiner Fruchtbarkeit an, die «jede Wette in den Genen liegt».

15

MEIN STIEFVATER war ein großer Mann mit früh ergrautem Bart und braunen kurzen stoppeligen Haaren. Ich erinnere mich, wie er auf mich herabblickt und mich anbrüllt. Er ist sehr groß und übergewichtig. Ich bin sehr klein und untergewichtig. Er ist erwachsen. Ich bin ein Kind. «Dich hat man mit der letzten Brotkruste aus dem Urwald gelockt», ereifert er sich. Er findet es lustig. Ich weiß nicht, wie ich es finden soll. Ich verstehe nicht, was er damit meint. Das mag daran liegen, dass ich zwar die Abneigung und Verachtung der Gesellschaft zu spüren bekomme, mir aber einfach die Möglichkeit fehlt, das einordnen zu können. Ich nehme es als gegeben hin.

Schon als kleines Mädchen glaube ich bereits, dass es Gründe dafür gibt. Ich verstehe sie noch nicht, aber sie sind da, Hürden, die unüberwindbar sind für mich. Ich glaube, selbst schuld zu sein, dass man mich ablehnt, beschimpft oder schlägt. Und er schlägt fest zu. Nie ins Gesicht, denn das, so sagt er immer wieder, demütige ein Kind viel zu sehr. Also zieht er mich am Arm zum Sofa, lässt sich fallen, reißt mir die Hose runter und wirft mich über seine Knie. Seine weißen Pranken hinterlassen rote Abdrücke auf meinem kleinen schwarzen Hintern. Aber nie lange. Auf schwarzer Haut verblasst alles schnell.

Anders ist es, wenn er mir das Ohr oder die Wange einreißt. Dazu nimmt er die entsprechenden Stellen zwischen seine wurstigen Hände, greift zu und zieht mich zu sich hoch, damit ich ihm in die vor Wut zusammengekniffenen Augen blicke. Jedes Mal reißt meine Haut so weit ein, dass die Stellen noch Wochen später zu sehen sind. Ich hoffe dann immer, dass ich nicht allzu bald wieder etwas falsch mache und er nicht dieselbe Körperstelle auswählt, um mich zu tadeln.

Meine ganze Art, die Dinge in Frage zu stellen, macht ihn wütend. Und mit den Jahren immer wütender. Ich weiß nicht, wann ich besser meine Fresse zu halten habe. Ich gebe zu oft Widerworte, bin zu schlagfertig oder, um es mit den Worten der Erwachsenen zu sagen: frech. Trotz meiner Schüchternheit kann ich es nicht ertragen, wenn ich das Gefühl habe, etwas ist ungerecht. Dabei spielt es keine Rolle, ob es andere oder mich selbst betrifft. Manchmal reicht es, wenn ich verträumt bin, mir ein Becher unachtsam umkippt oder ich mich aus Versehen einnässe.

«Du bist nicht nur dumm, du stinkst auch noch nach Pisse», sagte er dann. Und es stimmte ja. Ich hatte eine Harnröhrenverengung, ich konnte nicht immer gut einhalten. Ich glaubte ihm und fühlte mich dumm, denn wenn ich auch nicht viel verstand, begriff ich, dass es irgendwie an mir lag, dass er immerzu so schrecklich wütend war. Die Sache ist: Ich konnte mich bemühen, sosehr ich wollte, ich verstand einfach die Spielregeln nicht, und gegen irgendeine seiner Regeln verstieß ich immer.

Mein Stiefvater machte mir Angst, aber ich wollte so sehr, dass er mich liebte. So wie er dann seinen Sohn liebte. So wie alle dieses Engelsgesicht liebten. Alle, auch ich.

Als kleines Kind versuchte ich zum ersten Mal alles, um einem Mann zu gefallen, um es einem Mann recht zu machen. Ich versuchte zu beweisen, dass ich etwas wert war. Und bereits als kleines Kind war mir bewusst, dass es nichts gab, womit ich es hätte beweisen können. Ich versuchte, keine Fehler zu machen, um mich selbst nicht in Gefahr zu bringen. Meine Fehler waren die Gefahr, nicht mein Stiefvater – so empfand ich es.

Mein Stiefvater wurde zum ersten Mann, der versuchen sollte, mich zu brechen.

Fing es mit ihm an?

16

IN MEINER KROATISCHEN FAMILIE ging es derbe zu. Man half einander, zog in die unmittelbare Nähe, um sich gegenseitig zu unterstützen. Während meine Mutter Prüfungen oder Dienst hatte, verbrachte ich die Zeit bei meiner Oma oder bei Onkel und Tante, zusammen mit meinem Cousin und meiner Cousine. Aber man neckte sich eben auch.

«Nicht so laut!», schreit meine genervte Tante zu uns runter ins Erdgeschoss. Mein Onkel und sie haben ein wunderschönes Haus, das sich vor allem hervorragend dazu eignet, Quatsch zu machen und zu toben. Im Dunkeln Verstecken spielen, am liebsten mit den großen Plastik-He-Man-Schwertern, das ist unser Highlight. Damit hauen wir uns gegenseitig, wenn wir uns erwischen. Weil ich immer als Erste heule, sind mein Cousin und meine Cousine nicht unbedingt begeistert darüber, dass sie von den Erwachsenen gezwungen werden, mich mitspielen zu lassen. Lieber spielen sie mit meinem kleinen Bruder, der viel süßer ist als ich und mächtig einstecken, aber mindestens genauso hart austeilen kann.

Irgendwie verstehe ich die anderen auch. Aber alleine spielen mag ich nicht. Der Cousin, der mir von allen am nächsten und nur ein paar Jahre jünger ist, hat eh die Nase gestrichen voll von mir. Zu lange muss er sich schon mit mir herumschlagen. Fast jeden Tag bin ich nach der Schule bei ihm, wenn meine Mama arbeiten ist. Er ist beliebt, sportlich und irgendwie in allem besser als ich. Während er mit dem BMX über den Hügel hinter dem Wohnblock rast und springt, sitze ich trantütig im Sandkasten und rufe nach ihm, weil ich mich alleine langweile. Er schlägt mit dem Hammer auf seine Matchbox-Autos, damit sie wie Unfallwagen aussehen. Ich will auch mal und schlage ausgerechnet sein Lieblingsauto zu Brei.

Er könnte mich hassen, und ich würde es verstehen. Aber er liebt mich, das weiß ich, denn er lässt nichts auf mich kommen. Er darf mich ärgern, aber tut es jemand anders, haut er ihm die Nase platt.

Als wir noch sehr klein waren, saßen wir zusammen in der Badewanne und waren kurz unbeaufsichtigt. Da kam einer von uns beiden aus Versehen an den Wasserhahn. Und statt ihn zuzudrehen, drehten wir panisch in die falsche Richtung und das Wasser nur noch mehr auf. Ich kam nicht mehr an den Hahn, das Wasser stieg mir übers Kinn, und ich ging unter. Ich strampelte mit Händen und Füßen, um an die Oberfläche zu kommen. Durch das Wasser hörte ich meinen Cousin schreien und wurde plötzlich an meinen Haaren aus dem Wasser gerissen. Mit weit aufgerissenen Augen, die Panik ins Gesicht geschrieben, versuchte er abwechselnd mich zu retten und den Wasserhahn zuzudrehen. Dieses kleine Kerlchen tat alles, um mich zu beschützen.

Viele Jahre traf sich die ganze Familie, mein Onkel und seine Frau, Cousin und Cousine, jeden Sonntag bei meiner Oma, dem Familienoberhaupt, in ihrer viel zu kleinen Wohnung. Man aß, lachte und stritt sich ausgiebig. Wir Kinder liebten diese lauten, geselligen Sonntage. Wir wuselten um die Erwachsenen herum, tobten auf dem Bett oder turnten auf der Waschmaschine.

Ich verehrte meine Familie, ich liebte sie, und ich wusste, sie liebte mich auch. Aber ich war auch immer Zielscheibe des Spotts. Meine Oma schimpfte über meine furchtbaren Haare, die sie über Stunden versuchte mit aller Vorsicht zu entwirren, ohne mir weh zu tun.

Und doch: Wenn uns jemand auf der Straße anstarrte, weil mein Cousin und meine Cousine wie ihre Mutter weiß mit dunkelbraunem Haar waren, ich aber Schwarz, dann blaffte meine Tante gerne: «Was gibt es zu glotzen!?» So wusste ich auch immer, dass mir außer meiner Familie niemand zu nahe treten durfte. Die zuweilen überaus direkte Art traf nicht nur mich, man schonte sich eben nicht besonders. Es gehörte zu unserer Familie, seine Gefühle und Gedanken ohne Vorbehalt zu offenbaren.

Meine Oma, mein Onkel und meine Tante, mein Cousin und meine Cousine, wir hatten ein gutes Verhältnis zueinander. Wenn sie mir das Gefühl gaben, anders zu sein, dann nicht aus Boshaftigkeit, sondern weil sie es nicht besser wussten. Oft war ihr Verhalten eine Strategie, um mit den eigenen Kränkungen umzugehen, die das Leben für sie bereithielt.

Die Kindheit meiner Oma war geprägt durch die Gewalt ihrer psychisch schwer erkrankten Mutter. Eine Kindheit, in der sexuelle Übergriffe, Missbrauch und Gewalt nicht nur verharmlost, sondern, viel schlimmer, gesellschaftlich toleriert wurden. Diese traumatischen Erlebnisse sollten nach der Kindheit nicht enden, und so wuchsen auch meine Mutter und ihr Bruder in einem Umfeld auf, das durch Gewalt geprägt war: Die Spirale zog sich durch die Generationen.

Die Gewalt äußerte sich nicht immer physisch, in der berühmten «Ohrfeige», aber nahezu durchgehend in psychischer Form. Das Bloßstellen des anderen, Beleidigungen oder auch Witze auf Kosten von schwächeren Familienmitgliedern gehörten zu unserem Alltag. Es war unsere Lebensrealität. Und wir waren voneinander abhängig. Meine Tante ging immer nachts putzen und unterstützte meine Mama, indem sie tagsüber auf mich aufpasste, während meine Mama meinem Onkel und ihr finanziell unter die Arme griff. Es gab kaum eine Möglichkeit, eine gesunde Distanz zueinander aufzubauen, um die unheilvollen Dynamiken zu durchbrechen.

Mitten in diesen unheilvollen Beziehungen, die dennoch spürbar auf Liebe zueinander basierten, wuchsen wir Kinder auf und imitierten das Verhalten der Großen. So kam es vor, dass mein Cousin und meine Cousine mit dem Finger auf mich zeigten und über meine Schwarzen Füße lachten, ohne zu wissen, weshalb sie das taten. Weder sie noch ich wussten das. Und weder sie noch ich wussten, weshalb meine Füße Schwarz waren, weshalb meine Haut Schwarz war.

17

WEIL NIEMAND SONST in meiner Familie meine Haarstruktur besaß, konnte auch lange Zeit niemand mit ihr umgehen. Es hat eine Weile gedauert, bis mir klarwurde, dass meine Haare nicht nur anders aussahen, sondern eben auch anders gepflegt werden mussten. Meine Cousine und mein Cousin nannten mich Struwwelpeter oder fragten mich, ob ich in eine Steckdose gefasst hätte wegen meiner Haare, und ich blickte neidvoll auf ihre langen, schweren Haare.

Ich wollte gerne sein wie die Mädchen, die ich schön fand – meist hatten sie langes, blondes und vor allem glattes Haar. Ich wollte gerne unkomplizierte Haare haben. Meine Mutter verstand das schon, aber sie konnte trotzdem nicht so leicht darauf eingehen. Alle meine Freundinnen trugen schöne Spangen oder geflochtene Bauernzöpfe. Alle meine Fake-Barbies hatten langes, glattes blondes Haar. Ich wollte das auch. Auch so aussehen. Aber auf keinen Fall wollte ich so aussehen wie ich.

Meine Mutter hat nichts unversucht gelassen, um meine Not zu lindern. Meinem Stiefvater war es besonders wichtig, meinen Afro irgendwie zu bändigen. Und ich war stolz darauf, wenn ich wenigstens ab und zu «vorzeigbar» aussah, wie er es nannte. Dafür legte ich meinen Kopf aufs Bügelbrett, und meine Mama bügelte meine Haare glatt. Weil das nur mäßig erfolgreich war, brachte meine Mama sich mühselig das Flechten von Braids bei. Es dauerte bis zu vier Tage, bis sie mein wüstes Kopfhaar durchgeflochten hatte. Vier Tage lang litt ich unter Kopfschmerzen. Auch das war keine Lösung. Schließlich verbrachten wir Stunden im einzigen Afroshop unserer Stadt und ließen meine Haare chemisch glätten. Eine Höllentortur. Danach hatte ich Migräne und Brandlöcher auf der Kopfhaut. Aber nicht nur das machte mir zu schaffen. Ich fühlte mich in dem Afroshop seltsam deplatziert. Nicht nur, dass ich kein Englisch oder Französisch sprach, wie es in dem Shop in unserer Stadt viele Kund*innen taten, ich empfand auch sonst keine Verbundenheit. Alle hier schienen zu wissen, wie es zu laufen hatte, es herrschte strenges Schweigen. Meine Mutter und ich warteten eingeschüchtert auf meinen Termin und brachten die Prozedur hinter uns.

Ich war anders, sogar hier. Ich war ein mixed kid, deren Eltern es nicht schafften, ihm die afrikanische Kultur näherzubringen – und ich fühlte es als stummen Vorwurf. Die Gerüche so anders, die Sprache so anders und, obwohl ein Teil von mir, so weit weg von dem, wie ich lebte. Später vermied ich mich dem auszusetzen, diesem Gefühl, zwar die gleiche Hautfarbe zu haben, aber nicht dazuzugehören. Ich tat so, als würde mich all das nicht interessieren, meine Herkunft, der Teil von mir, der mich für mein weißes Umfeld so anders erscheinen ließ, um nicht enttäuscht darüber sein zu müssen, dass ich auch hier nicht reinpasste. Denn anders als viele anderen mit ähnlichem Hintergrund suchte meine Mama keinen Kontakt zu einer Schwarzen

Community. Wie auch? Sie kannte niemand und war mit ihrer Arbeit, zwei Kindern und unglücklicher Ehe sowieso schon komplett überlastet. Und selbst wenn sie sich darum bemüht hätte, ich hätte es aus einer tiefen Unsicherheit heraus selbst abgelehnt. Ohne meinen leiblichen Vater fehlte mir komplett eine Brücke hin zu diesem Teil meiner Herkunft.

Nachdem der Afroshop als Option zunächst ausschied, wurde ich das Gefühl nicht los, immer irgendwie ungepflegt auszusehen. Dicke Knoten verteilten sich über meinen gesamten Afro. Haare kämmen war die schlimmste Form der Folterung, die ich mir vorstellen konnte. Meine Mutter litt mit. Manchmal war sie aber auch so entnervt von meinen hysterischen Schmerzschreien, dass sie mir im Affekt die Bürste auf den Kopf schlug. Es war für uns beide eine nervenaufreibende Zeit.

Schließlich rasierten wir aus lauter Verzweiflung den Afro auf zwei Zentimeter ab. Ich war immer viel kleiner und schmächtiger als andere Kinder meines Alters. Die kurzen Haare führten nun dazu, dass man mich für einen etwas klein geratenen Jungen hielt. Weiter entfernt von meinem Schönheitsideal konnte ich nicht mehr sein: hüftlanges, blondes Barbie-Haar.

18

MIT WEIT AUFGERISSENEN AUGEN versuche ich seinem Blick standzuhalten. Ihm zu zeigen, dass ich nicht, wie er es will, brechen werde. Seine vom Breaken spröden, rissigen Hände haben sich fest um meinen Hals gelegt. Er drückt mir mit den Daumen meinen Kehlkopf ab. Seine grünen Augen sind hasserfüllt. Vor meinen braunen Augen wird es langsam dunkler. Das Sichtfeld ist eingeschränkt, und dennoch sehe ich ihn überdeutlich. Er ist blass, das passiert immer, wenn er sehr wütend wird. Seine vollen Lippen sind so fest zusammengepresst, dass sie von Zartrosa ins blutleere Weiß verlaufen.

Später wird es ihm leidtun, er wird sich bei mir entschuldigen. Er wird sich zu mir setzen, mich in den Arm nehmen und weinen. Er wird beteuern, dass er das nur macht, weil er mich liebt. Dass er enttäuscht ist, dass ich ihm das angetan habe. Dass ich ihm keine andere Wahl lasse, als mich zu bestrafen. Er wäre nicht so, wäre ich nicht, wie ich bin, da bin ich sicher.

Immer ist man versucht, Gründe auszumachen. Aber es sind nur Anlässe, keine Gründe. Dieses Mal bestraft er mich dafür, dass ich einen gemeinsamen Freund zu freundlich gegrüßt habe. Er hat gefragt, ob es uns gutgeht, und ich habe geantwortet. Ich weiß, dass er das nicht mag, wenn ich mit anderen Männern rede, selbst wenn er unser

Freund ist. Er wird rasend vor Eifersucht. Es ist fast absehbar, was passiert. Ich kenne die Regeln. Und ich habe die Regeln gebrochen. Jetzt bricht er mich. Die logische Konsequenz.

Nur weil du aus Versehen einen Fehler machst, macht es den Fehler nicht ungeschehen. Am Ende bettle ich um mein Leben. Und endlich lässt er von mir ab.

Das erste Mal hat es mich kalt erwischt. Es kam aus dem Nichts. Ich war zu überrascht, zu geschockt, um zu verstehen, was gerade passierte. Zu sehr damit beschäftigt, zu realisieren, dass das hier gerade wirklich geschah. Der Mann, den ich für den fürsorglichsten Menschen und Partner gehalten hatte, rastete aus.

Mein erster Eindruck, damals im Club, war nicht gut gewesen, aber als ich ihn dann persönlich kennenlernte, seine Geschichte hörte, ihn beim Training sah, dachte ich, ihn wirklich zu kennen. Ich fühlte mit ihm, als er mir davon erzählte, wie er sich den Knöchel gebrochen hat und es ihm richtig den Stecker zog. Mehrere Monate konnte er nicht tanzen, starrte an die Decke seines Zimmers und fühlte sich unglaublich einsam. Er erzählte, wie es ist, wenn jemand vor einem steht, der einen umbringen will. Er erzählte davon, wie er bei einer Prügelei beinahe gestorben wäre. Wie diese Erfahrungen ihn verändert haben.

Er war Sportler, und deshalb trank er keinen Alkohol. Er wirkte ausgeglichen und behandelte mich anfangs wie eine Prinzessin. Seine Prinzessin, die er wachgeküsst hatte. Ich fand das sehr angenehm, weil ich auch nur sehr selten etwas trank. Er gestand mir, dass Alkohol ihn aggressiv machte. Zum richtigen Bastard, wie er es nannte. Unter

Tränen erzählte er mir, was aggressiv bedeutete. Es hieß, dass er zuschlug. Es hieß, dass er schlug, wer immer ihm in die Quere kam. «Auch Frauen», fügte er kleinlaut hinzu. Ich erschrak zwar darüber, konnte mir aber nicht vorstellen, dass jemand, der das so reflektiert kommunizierte, diesen Fehler jemals wieder begehen würde.

Es hätte mir eine Warnung sein sollen. Am besten wäre ich wohl direkt nach diesem Geständnis aufgestanden und gegangen. Aber seine Ehrlichkeit und seine Verletzlichkeit berührten mich. Er hatte dem Alkohol abgeschworen, und ich konnte es sehen. Er hatte eine Therapie gemacht, und seitdem war er nicht mehr rückfällig geworden. Das schwor er mir, und ich glaubte ihm. Ich bewunderte ihn für die Selbstkritik, für die große Veränderung.

Dann zog ich zu ihm. Ich erkrankte schwer, hatte einen beidseitigen Lungenkollaps, war hilflos. Und einige Zeit später wurde ich von ihm schwanger und war ihm noch mehr ausgeliefert. Im einen Moment streichelte er mir stolz über den Bauch, um allen Anwesenden zu zeigen, wie sehr er sich auf unser gemeinsames Kind freute, im nächsten Moment verlor er die Fassung, weil ich von der Schwangerschaft erschöpft war und meine Erkrankung mich immer wieder einige Tage ans Bett fesselte. Je hilfloser ich war, desto wütender wurde er. Je weniger ich mich um ihn, um die gemeinsame Wohnung, um das Essen kümmern konnte, desto aggressiver wurde er.

Mit der Zeit wurde es ein Muster. Er wurde wütend, sagte, ich hätte ihn dahin gebracht, dass er das tun müsse, was er gerade tat. Und weil es schwer ist, Schuld nur auf einer Seite zu suchen, dachte ich, er hat recht. Dachte, ich hätte auch Schuld daran, dass er austickte. Denn bevor er mit mir zusammengekommen war, hatte er sich ja unter Kontrolle, hatte er sich im Griff gehabt.

19

DER VATER MEINER MUTTER war ein Schläger. Mein Opa war ein Schläger. So wie auch der erste Mann meiner Oma einer war. Niemand empörte sich in diesen Zeiten über gewalttätige Männer. In Kroatien damals wohl noch weniger. Frauen sollten gehorchen, sie waren Eigentum, und über sein Eigentum durfte noch jeder selbst bestimmen. So wie der Hofköter, der angeleint in seiner Hütte verrottete und halb totgeprügelt wurde, wenn er falschen Alarm gab. Meine Baka hat versucht, sich zu wehren. Sie schrie. Sie kämpfte. Sie verlor. Und dieses eine Mal, als sie gewann, verlor sie ihren Mann.

Mein Opa und meine Oma sind Ende der sechziger Jahre nach Deutschland gekommen, kurz nach dem Anwerbeabkommen. Vor allem meine Oma hoffte, dass sich das aus den Fugen geratene Leben wieder einrenken würde, wenn mein Opa einen der begehrten Jobs bekam. Eingerenkt hat sich nichts, aber durch seine Arbeit am Fließband war er lange aus dem Haus. Meine Oma putzte nachts, und so sahen sie sich selten. Ich war wohl etwa fünf, da fuhr mein Opa alleine zurück nach Kroatien, um seine Eltern zu sehen. Aus unerfindlichen Gründen verlor er die Kontrolle über den VW Käfer. So wie er immer wieder auch die Kontrolle über sein eigenes Leben verlor. Waren es sonst die anderen, die es ausbaden mussten, so musste dieses Mal er ganz allein dran glauben. Er fuhr die Serpentinen entlang, geriet von der Fahrbahn ab und stürzte in den Abgrund.

Früher war er Boxer gewesen. Als alles noch ganz gut war. In dem kleinen kroatischen Dorf, in dem meine Familie zu der Zeit lebte, war er eine kleine Berühmtheit, und er genoss es, überall hofiert zu werden. Damals trank er nur hin und wieder zu Feiern und war seiner Tochter und besonders seinem Sohn ein guter Vater. Damals war mein Opa seiner Frau noch ein guter Mann, er liebte und ehrte sie. Gewaltausbrüche waren die Ausnahme. Aber an diese Zeit, die gute Zeit, hat meine Mama kaum Erinnerungen. Dennoch bewahrt sie alles Gute in ihrem kleinen, pochenden Herzen auf. Die Erinnerung an ihren Vater, so wie er vor all dem Schlechten war.

Doch ein Körper kann einen im Stich lassen, er kann nicht ewig kämpfen, er ist verletzlich. Bei einem Angriff verrenkte sich mein Opa die Schulter, eine Weile versuchte er die Schmerzen einfach zu ignorieren, aber damit machte er alles nur schlimmer. Viele Jahre sicherten das Boxen und einige Gelegenheitsjobs meinem Opa ein ausreichendes Einkommen und ein stabiles Gemüt. Als die Wettkämpfe wegfielen, gab es nur noch die Gelegenheitsjobs, und auch die wurden weniger. Und das Gemüt: erschütterte und krankte. Meiner Mutter zuzuhören, wie sie davon erzählt, dass sie sich einnässte, sobald mein Opa den Verschluss seiner Armbanduhr öffnete, treibt mir die Tränen in die Augen. Sie litten unter seiner Sucht. Vom Quartalssäufer zum Feierabendsäufer zum Säufer.

So wuchs meine Mutter auf. Und ihre Mutter vor ihr. Und deren Mutter ebenfalls. Wie ein Wurm, der sich durch die Darmwindungen zieht und von innen heraus dem Körper und der Seele alle Kraft raubt, so zog sich ein Gefühl der Wertlosigkeit durch die Leben meiner Vorfahrinnen.

Deshalb lernte ich von meiner Mutter und meiner Oma, dass ein Mann niemals die Hand gegen eine Frau erheben darf. Und immer war ich mir sicher, dass mir so etwas nicht passieren könnte. Einen Mann, der mich schlägt, würde ich sofort verlassen. Eher noch: ihn umbringen.

20

DORT, WO MEINE BAKA aufgewachsen war, im ehemaligen Jugoslawien, gab es so gut wie keine Schwarzen Menschen. Wie hätte sie wissen sollen, dass die Worte, die sie dann hier in Deutschland lernte, verletzend für mich waren? Woher sollte sie wissen, dass das N-Wort kein netter Kosename für mich war?

Ich hatte schon immer eine besondere Verbindung zu ihr. Vielleicht erkannten unsere Seelen einander, die meiner Oma und die des kleinen Schwarzen Mädchens, dass noch nicht ahnen konnte, welches Leben es erwarten würde. Meine Oma, die immer die «Ausländerin» war, die Deutsch nur sehr holprig und mit sehr starkem Akzent sprach, die zeit ihres Lebens die Böden von achtlosen Büromenschen schrubbte. Und ich, die, obwohl hier geboren, nie ganz zugehörig wurde.

Meine Oma liebte all ihre Enkelkinder, und wir alle, meine Cousine und mein Cousin und später mein Bruder, verbrachten viel Zeit bei ihr. Manchmal ein paar Stunden am Wochenende, manchmal aber auch die gesamten Ferien. Einmal, ich war etwa sieben Jahre alt und hatte wieder einmal die Sommerferien bei ihr verlebt, kam es zu einem Vorfall, der die Beziehung zwischen meiner Oma und mir stark prägen sollte. In ihrer Siedlung hatte ich viele Freund*innen, viele mit Migrationshistorie. Neben den Hochhäusern gab es einen Garagenhof und dahinter ein kleines Stückchen Wald mit Trimm-dich-Pfad, und wir Kinder fuhren dort immer Fahrrad. Zu meinem Leidwesen konnte ich nur das Klapprad meines Opas nehmen, das noch Jahre nach seinem Tod im Keller meiner Oma stand.

In regelmäßigen Abständen konnten wir das Quietschen der Züge hören, die auf den Schienen des nahegelegenen Güterbahnhofs zum Stillstand kamen. Die Luft roch im Sommer immer etwas nach moderndem Holz und im Winter nach Schornstein. Kurz: Es war ein Paradies. Jede*r in dieser Siedlung kannte mich. Ich wurde bei Nachbar*innen zum Essen eingeladen und musste nicht, wie es bei Mitschüler*innen vorgekommen ist, im Kinderzimmer warten, bis die Familie mit dem Essen fertig war.

Ich fühlte mich in dieser Umgebung wohl und sicher. Mittags schlief ich gemeinsam mit meiner Oma, die oft erschöpft von der harten körperlichen Arbeit war, auf der Couch ein.

Abends guckten wir zusammen Fernsehen, obwohl sie sicher nur die Hälfte verstand von dem, was da gesagt wurde. Bei meiner Oma war ich umgeben von Liebe und Wärme, bei meiner Oma tankte ich Kraft. Selbst wenn sie manchmal wutentbrannt hinter mir herlief, einen ihrer Schlappen bedrohlich wedelnd in ihrer Hand, um mir eine zu verpassen, weil ich irgendeinen Quatsch angestellt hatte, wusste ich, dass mir hier nicht ernsthaft etwas passieren konnte.

Das Band zwischen meiner Oma und mir wurde endgültig untrennbar an einem Tag der Sommerferien. Die Sonne schien herrlich heiß, und ich war mit ein paar Kindern aus der Nachbarschaft in den Wald hinter dem Garagenhof aufgebrochen, um ein Baumhaus zu bauen. Wir sammelten Stöcke und Äste aus dem Unterholz auf, hatten Hämmer und Nägel geliehen und waren voll abenteuerlicher Aufregung. Wir hatten viel Spaß daran, unseren gemeinsamen Traum vom eigenen Baumhaus in die Tat umzusetzen, zumindest so lange, bis die Stimmung kippte, weil ich mir mit einer meiner Freund*innen nicht einig darüber werden konnte, ob unser Baumhaus zwei oder drei Fenster bräuchte. Sie war auch über die Ferien zu Besuch bei ihrer Oma. Wir stritten leidenschaftlich. Irgendwann schrie sie mir unter Tränen «Du blödes Buschmädchen» entgegen und lief wutentbrannt weg.

Erschrocken über diesen Ausbruch, stieg ich mit zitternden Knien und Händen von dem Baumhaus und fing ebenfalls an zu weinen. Auch die anderen Kinder der Nachbarschaft waren verwirrt, und ein Kind legte mir tröstend seinen Arm um die Schulter und sagte: «Ach komm, lass die. Wir machen einfach weiter. Ich will eh gar kein Fenster in unserem Baumhaus.»

Als ich abends bei meiner Oma am Küchentisch saß und die Geschichte vom Mittag schon längst wieder vergessen hatte, klingelte es an der Tür. Meine Oma öffnete, erstaunt über die späte Störung, und stand einer wütenden Nachbarin gegenüber. Es war die Oma meiner Freundin. Sie schrie meine Baka lautstark an, sodass man es durch den ganzen Flur hören konnte: «Deine Enkeltochter hat versucht, meine Enkelin mit einem Hammer zu erschlagen!»

Meine Oma verstand sie nicht recht und fragte deshalb mit starkem Akzent nach: «Wie bitte? Kannst du weniger schreien? Ich verstehe nicht.»

Wütend wiederholte die Frau: «Dein N****mädchen hat versucht, meine Enkelin mit dem Hammer zu erschlagen.» Dazu hob sie bedrohlich die Arme, als hätte sie einen Hammer in ihrer Hand.

Meine Oma rief mich, und ich rutschte unsicher von meinem Stuhl und ging zu ihr. Meine Augen füllten sich mit Tränen, denn ich konnte einfach nicht fassen, was ich da gehört hatte. Und ich hatte eine beinahe schmerzhafte Angst, dass meine Oma der Frau glauben würde.

«Hast du diesem Mädchen mit Hammer bedroht?», fragte meine Oma mich geradeheraus.

«Nein, Baka», sagte ich völlig aufgelöst.

«Gut!», antwortete meine Oma, drehte sich zu der Frau um und sagte mit fester Stimme: «Meine Enkelin hat nein gesagt. Meine Enkelin hat das nicht gemacht. Meine Kleine ist ein gutes Mädchen und kein N****mädchen. Gehst du und erziehst du dein Mädchen mal richtig, dass sie nicht lügt!», und knallte die Tür zu.

Langsam drehte sie sich zu mir um, blickte mich prüfend an, und in mir stieg Panik auf. Meine Oma ging auf mich zu, ich zuckte zusammen. Doch statt der erwarteten Ohrfeige drückte meine Oma mich an sich und sagte: «Ich glaube dir, du bist ein gutes Mädchen. Komm, ich mache dir einen Grießbrei mit viel Schokolade.» Sie zog mich hinter sich her in die Küche, wo sie sich umgehend daranmachte, mir den heißgeliebten Grießbrei zu machen.

21

ALS ICH UNGEFÄHR NEUN JAHRE alt bin, hole ich meine Babykiste aus dem Schrank. Die Kiste hat meine Mutter für mich gemacht. Sorgfältig verpackt liegt darin ein Briefumschlag mit einer kleinen Locke von mir. Außerdem Alben mit Fotos von ihr und mir, erst mit mir im Bauch, später mit mir auf ihrem Arm, eingewickelt in eine kleine, verwaschene rosafarbene Babydecke. Meine Oma und mein Onkel werden die meisten Fotos geschossen haben. Ein Babyspielzeug und ein kleines Kuscheltier sind auch in der Kiste.

Ich habe lange nicht hineingesehen, und beim letzten Mal konnte ich noch nicht lesen, was in dem kleinen Büchlein steht, das mir jetzt in die Hände fällt. Auf der Vorderseite ist eine Comiczeichnung eines kleinen grauen Elefanten, der eine Blume in seinem Rüssel trägt. Ich mag Elefanten. Ich mochte sie schon immer. Elefant war eines der ersten Worte, das ich sagen konnte. Vorsichtig öffne ich das Buch und erkenne an dem Schriftbild, dass mein Onkel es für mich gemacht hat. Er hat eine sehr saubere Handschrift. Er hat sich sogar die Mühe gemacht, die unlinierten Blätter mit eigener Lineatur zu versehen. Auch kann ich erkennen, dass er erst mit Bleistift die Buchstaben vorgezeichnet hat. Wenn man genau hinsieht, schimmern Reste der Linien und Striche noch unter der Schrift durch. Ich freue mich darüber, dass mein Onkel sich meinetwegen so viel Mühe gegeben hat.

Ich stoße auf ein Bild, das hervorsticht, weil es ganz akkurat eingeklebt ist. Es zeigt einen Schwarzen Mann, der freundlich in die Kamera lächelt. Mein Onkel hat darunter kommentiert, dass dieser Mann mein Vater sei und «Dingo» heiße.

Damals hämmerte mein Herz in der Brust, weil ich bis dahin nichts über meinen leiblichen Vater wusste und es das erste Mal war, dass ich glaubte, etwas über ihn zu erfahren. Heute hämmert mein Herz in der Brust, weil ich den Scherz erkenne, den mein Onkel sich erlaubt hatte. Ein rassistischer Scherz auf meine Kosten.

Zu Hause wurde nicht über meinen leiblichen Vater gesprochen. Lange Zeit war es für mich kein Thema, und richtig bewusst wurde es mir erst, als ich einmal alleine bei einem Freund meines Stiefvaters war. Er war Zahnarzt, und weil er bei uns um die Ecke wohnte, konnte ich bei kleineren Beschwerden schon früh alleine hingehen. Er fragte nach der Familie, und ich sprach ganz selbstverständlich von «meinem Vater», wenn ich meinen Stiefvater meinte. «Du weißt aber schon, dass das nicht dein richtiger Vater ist?», fragte er unvermittelt. Und auch wenn man glauben sollte, dass mir das klar war, war es das tatsächlich nicht.

Mit diesem Tag gab es noch eine weitere Unsicherheit in meinem Leben, die ich lange nicht klären konnte, und die Lüge meiner Eltern brach mir das Herz. Einmal nahm ich meinen Mut zusammen und fragte nach meinem Vater, und mein Stiefvater fing fast an zu weinen und fragte mich vorwurfsvoll, wie ich ihm das antun könne. Ich wusste nicht, was ich ihm antat. Ich fragte ihn, was er meinte, und er sagte, dass er mein Vater sei und es ihm das Herz brechen würde, dass ich das in Frage stellen würde. Also fragte ich nicht mehr.

Tatsächlich hatte ich mich lange nicht gewundert, warum ich anders aussah als alle anderen in der Familie, auch wenn ich permanent gespiegelt bekam, anders zu sein. Ich verdrängte es einfach komplett. Das half mir, mit der Ablehnung oder auch den Witzen über mich und mein Aussehen besser zurechtzukommen. Alle Witze, alle Sticheleien, die aus dem Kreis der Familie kamen, blendete ich lange aus. Kamen aber diese Angriffe oder Fragen über meinen Vater von außen, von Personen, die nicht zur Familie gehörten, verletzten sie mich empfindlich. Vor allem, weil ich keine Antworten geben konnte.

So stand ich oft da, suchte verzweifelt mit kindlicher Naivität nach adäquaten Erwiderungen auf die Fragen, die mir meine Mitmenschen stellten. Mal war Michael Jackson mein Vater, manchmal auch Jimi Hendrix. Mal sagte ich: «Ich habe bloß zu lange in der Sonne gelegen», wenn ich gefragt wurde, warum ich meinen Eltern nicht ähnlich sehe.

Diese Hilflosigkeit hinterließ bei anderen oft den Eindruck: Ich war das Kind, das ständig lügt. Und irgendwann wusste ich selbst nicht mehr, was ich glauben konnte. Ich glaubte mir selbst nicht mehr.

Ich begann, aufmerksam den Unterhaltungen der Erwachsenen zu folgen. Aus den Bruchstücken und Gesprächsfetzen, die ich in der Familie aufschnappte, setzte ich mir eine passendere Wahrheit zusammen. Wenn mein

Onkel und meine Tante also von dem Schwarzen Mann meiner Mutter sprachen, spitzte ich die Ohren, weil ich das Gefühl hatte, diese Informationen könnten bedeutsam für mich und meine Herkunft sein. Dabei verletzte mich die Art, wie sie darüber sprachen. Warum, konnte ich damals nicht sagen, als Kind hatte ich nur so ein vages Gefühl. Heute weiß ich, dass rassistische Sprache mich verschreckt und verletzt hatte.

22

SEIT ICH VON DER GRUNDSCHULE im Problembezirk auf das Gymnasium der rich kids gewechselt war, kam ich nie mehr in einer Klassengemeinschaft richtig an. Am ersten Tag in der fünften Klasse wollte niemand neben mir sitzen. Niemand sprach mit mir oder wollte sich mit mir anfreunden. Das verunsicherte mich sehr, denn auf der Grundschule neben Nadine und Yelda hatte ich mich wohl und gemocht gefühlt. Ich war immer noch dieselbe. Ich war immer noch ein bisschen zu laut und lebenslustig, aber auch mitfühlend und rücksichtsvoll. Ich war ich. Trotzdem behandelten mich meine neuen Mitschüler*innen, als wäre ich niemand, mit dem man sich anfreunden könnte.

Einmal dachte ich, ich hätte eine Freundin in der Klasse gefunden. Ich lud sie zu mir nach Hause ein. Sie fühlte sich sichtlich unwohl bei uns und rümpfte so exzessiv die Nase, wie ich wiederum exzessiv versuchte, sie davon zu überzeugen, dass meine Familie und ich nicht so schlecht waren, wie sie glaubte. Am Ende des Tages war ich völlig erschöpft davon, mich die ganze Zeit zu verstellen, damit sie nur meine Freundin wurde. Umso glücklicher war ich, als sie mich bald darauf zu sich nach Hause einlud. Vor lauter Aufregung über die Verabredung konnte ich die ganze Woche, bis es endlich so weit sein sollte, kaum schlafen. Endlich mochte mich jemand.

Als ich bei ihr zu Hause ankam, stellte ich fest, dass sie noch zwei weitere Mädchen aus unserer Klasse eingeladen hatte, und ich freute mich auf die Aussicht, vielleicht sogar mit allen dreien befreundet sein zu dürfen.

Noch als ich im Hausflur der schönen Stadtvilla stand, kam die Mutter meiner Gastgeberin auf mich zu und zeigte mir zur Begrüßung stolz die Fotos ihrer Patenschaften aus Afrika, in auf Hochglanz polierten silbernen Bilderrahmen. Ich schämte mich. Dachte sie etwa, ich sei eines dieser bemitleidenswerten Kinder, von denen sie in ihren Frauenzeitschriften gelesen und von ihren anderen gutbetuchten Freundinnen im Bibelkreis gehört hatte? So schnell wie möglich entzog ich mich ihr, um den anderen Mädchen hinterher ins Zimmer zu verschwinden.

Und dann wurde mir klar, warum meine Klassenkameradin bei uns zu Hause die Nase gerümpft hatte. Allein ihr Zimmer war, wenn man das angeschlossene Bad hinzuzählte, schon fast so groß wie unsere gesamte Wohnung.

Aber noch etwas anderes wurde deutlich. Meine neue Freundin wollte überhaupt nicht mit mir befreundet sein. Im Flur eben hatten noch alle freundlich gelächelt, jetzt aber sprach niemand mehr mit mir. Die drei Mädchen setzten sich aufs Bett, wiesen mich an, mich auf den Boden davor zu setzen, und begannen zu tuscheln und zu kichern. Ich saß also da und wusste nicht, was ich machen sollte.

Ich war fast froh, als die Mutter uns zum Essen rief, doch da brach es prustend aus meiner Klassenkameradin hervor: «Die sind so arm, bei denen gab es nur Lauchsuppe und gebackene Bananen zum Mittagessen.» Es stimmte, das hatte es bei uns an dem Tag gegeben, als ich dachte, ich hätte meine erste Freundin auf der neuen Schule gefunden.

War die Grundschule noch ein sicherer Ort für mich gewesen, wo ich mich wirklich akzeptiert gefühlt hatte, wurde das Gymnasium zur Hölle. Außer mir besuchten noch zwei andere Jungs of Colour diese Schule. Der eine hatte indische Wurzeln, der andere eritreische. Überraschung: Keiner von uns sollte dort das Abitur schaffen, obwohl wir mit sehr guten Noten von der Grundschule aufs Gymnasium gewechselt waren.

Auf dem Gymnasium hatte ich zuerst gute Noten gehabt, aber ich war keine Überfliegerin, und Schule fiel mir irgendwann nur noch schwer. Im Unterricht mitzukommen, war mir kaum noch möglich. Nicht alleine wegen des Stoffs, den hätte ich mit viel Lernen noch schaffen können, aber mein Kopf und auch mein Herz waren einfach zu beschäftigt mit der Situation. Im Unterricht überlegte ich, wie ich die nächste Pause überstehen könnte, überlegte, wer vielleicht mit mir sprechen würde. Und wieder Überraschung: niemand! Niemand sprach mit mir oder hing in den Pausen mit mir ab. Ich fand einfach keinen Zugang zu den anderen Kindern. Ich war zu schüchtern, sie zu verschlossen. Schnell bildeten sich die üblichen Grüppchen, und ich passte in keine von ihnen rein. Weder besaß ich ein Pony, noch interessierten mich die Viecher, im Gegensatz zu allen anderen Mädchen aus meiner Klasse. Ich trug auch keine Markenklamotten. Oder konnte von regelmäßigen Urlauben berichten. Also konnte ich auch nicht mitreden. Mich interessierte meine Bestzeit auf 800 Metern und der nächste Crosslauf. Aber ob Amadeus jetzt im Trab irgendwas konnte und welcher Sattel der beste war und wo man das beste Leckerli für das Monster bekam: Who fucking cares? Ich konnte mit alldem nichts anfangen und sie nichts mit mir. Und genauso wenig konnte ich ändern, wer ich war, wie ich aussah, wo ich herkam. Das Ende vom Lied: Ich hatte viele Fehlstunden, ich war immer öfter krank.

So sollte es auch in Zukunft häufig laufen: Ich versuchte Anschluss zu finden, mich anzupassen, aber entweder ich kannte die sozialen Codes nicht, oder ich fiel durch mein Aussehen auf oder durch meine große Fresse, die ich mir antrainierte. Und später dann durch häufiges Fehlen. Mit der Zeit hatte ich meine Strategien entwickelt. Ich hatte einen Freund auf einer anderen Schule und hing in den Pausen immer da ab. Da ließen sich diese ganzen Lisas und Julians ausblenden. Da ließ sich verdrängen, dass ich anders war als diese hübschen Mädchen im Polohemd. Da fielen meine Baggy Pants nicht auf. Da fiel ich mit meiner Hautfarbe nicht auf. Da war ich nichts Besonderes. Da war ich nur ich. Aber da war eben auch Hauptschule.

Ich habe die Schulen gewechselt wie andere ihre Unterhosen. Das erste Mal von der Waldorfschule auf die Grundschule. Von der Grundschule aufs Gymnasium. In der sechsten Klasse auf ein anderes Gymnasium, dann auf die Realschule und immer so weiter. Ich kam nirgends an. Nie fühlte ich mich wohl oder sicher. Das strahlte ich dann selbstverständlich auch aus. Ich blieb lieber unverbindlich, wollte irgendwann auch gar keine Freundschaften mehr eingehen, aus Angst vor der Enttäuschung, es könnte wieder nicht klappen.

Die einzigen konstanten Freundschaften, die ich geschlossen hatte, waren die zu meinen Leuten im Sportverein. Wir waren eine eingeschworene Gemeinschaft, und irgendwann redete ich mir ein, dass ich niemand anderes brauchen würde. Einmal stellte ich nach den Sommerferien fest, dass ich es mit meinen Lehrer*innen und Mitschüler*innen so wenig aushielt, dass ich kurzerhand in das Sekretariat der Schule latschte, die bei mir um die Ecke war. Dort behauptete ich, der Direktor hätte vor den Ferien mit meinen Eltern telefoniert und ihnen die Zusage gegeben, dass ich seine Schule besuchen dürfe. Die Einwände der Sekretärin diskutierte ich mit «Schulpflicht» weg – und schwups, besuchte ich eine neue Schule.

Es wurde ein Teufelskreis. Meine Mitschüler*innen lehnten mich ab, die Lehrkräfte glaubten trotz der ärztlichen Atteste oft nicht, dass ich wirklich krank war, und ließen mich ihren Unmut spüren. Und ich wiederum ließ sie meine Frustration darüber spüren. Ich begann die Schule zu hassen und konnte Autoritäten überhaupt nicht mehr akzeptieren. Außer im Verein ließ ich mir von niemandem mehr etwas sagen. Kurz: Ich wurde zu einem Kind, das auf dem besten Weg war, sich seine Zukunft zu verbauen. Und ein Kind, das darauf schiss, was die Zukunft bringen würde. Spätestens in der achten Klasse war ich mir sicher: Ich werde es nie zu etwas bringen. Warum also sollte ich es überhaupt versuchen?

23

WIR KONNTEN UNS KEINE Kindergeburtstage leisten. Und selbst wenn es finanziell möglich gewesen wäre, so hätte meine Mutter nicht die Zeit gehabt, für mich oder meinen kleinen Bruder eine Feier auszurichten. Sie arbeitete mittlerweile in einer Einrichtung vom betreuten Wohnen, einer Wohngemeinschaft für ältere Menschen, als Pflegekraft, Betreuerin, Krankenschwester und Putzkraft in einem. Sie war schon froh, wenn sie an einem der Weihnachtstage zumindest ein paar Stunden mit uns Kindern verbringen konnte. Und während mein Stiefvater zu Hause blieb, um entweder den Tag zu verschlafen, heimlich zu kiffen, oder Tag und Nacht am PC verbrachte, «um sein Studium zu Ende zu bringen», versuchte meine Mutter nach dem Dienst auf die Schnelle nachts einen Geburtstagskuchen für uns zu backen, um uns damit am nächsten Tag zu überraschen.

Einmal habe ich als Kind meinen Geburtstag gefeiert. Ich ging mit meinem Verein schwimmen. Meine Trainer*innen übernahmen die Aufsichtspflicht, und wir hatten einen grandios wilden Tag. Der ganze Badebereich des Sees war voll mit Kids, die es liebten, sich mit Poolnudeln, auf den Schultern eine*r Mitstreiter*in, gegenseitig zu bekämpfen oder um die Wette zu schwimmen. Competitive, aber mit sehr viel Respekt füreinander und mit keinem Gedanken daran, ob das cool sein könnte oder nicht. Es war ein phantastischer Tag.

Kindergeburtstage sollten eigentlich unbeschwert sein. Kleine, ausgelassene Menschen im Zuckerrausch. Ein Highlight auf den Kindergeburtstagen der anderen war das N****kuss-Wettessen. Ich war immer sehr beherzt dabei, und mir entging nicht, dass sich die Eltern des Geburtstagskindes darüber amüsierten. Sollten die Eltern sich doch über mich amüsieren; solange sie fröhlich waren, machte ich immerhin nichts falsch, und das war schon mal viel wert. Nach dem Wechsel aufs Gymnasium war ich immer das einzige Schwarze Kind und meist überhaupt das einzige Kind of Colour. Außer mir waren nur wohlerzogene, deutsche Kids eingeladen. Aber das war mir egal, denn ich war ein Kind und wollte einfach wie die anderen sein und ungestraft und bedingungslos Spaß haben.

Es kam selten genug vor, dass ich eingeladen wurde – denn wer selbst nie einen Geburtstag ausrichtet, wird auch selten eingeladen. So läuft das Spiel.

Einmal, als Teenagerin, war ich zu Gast bei dieser Mittelschichtsfamilie, deren Alltag sich allein darum drehte, dem Einzelkind keine Sekunde Übellaunigkeit oder gar Langeweile, schlicht keinen Moment der Unaufmerksamkeit zu bescheren. Doch das Geburtstagskind quälte schon bald die aufkeimende Wut über die Langeweile, welche sich einstellte, nachdem der Kuchen gegessen, alle gängigen Spiele durchgespielt und ich immer wieder erfolgreich ausgegrenzt worden war.

So beschloss man, das elterliche Haus – vier Zimmer, Küche, Diele, Bad – zu verlassen und sich draußen im beschaulichen Viertel zwischen akkurat ausgelegtem Pflasterstein und beeindruckendem Baumbestand die Zeit zu vertreiben. Ziemlich bald kam die Idee auf, etwas für derart behütet aufwachsende Kinder geradezu Kriminelles auszuhecken. In meinen Kreisen wäre man auf Diebestour gegangen, aber auf diesem Kindergeburtstag war die Bereitschaft, Grenzen zu überschreiten, dann doch nicht so ausgeprägt. Man entschied sich für einen All-time-Klassiker: Klingelmännchen. Also ließ ich mich von der allgemeinen Abenteuerlust anstecken und rannte mit. Eigentlich rannte ich vor, aber nur weil Laufen genau das Einzige war, das ich richtig gut konnte. Ich wartete neben einem Mehrfamilienhaus, dessen Spritzbetonfassade bereits leicht angegraut war und das in dieser Neubausiedlung wie ein Fremdkörper wirkte.

Als die anderen mich endlich eingeholt hatten, beschlossen sie, ich müsse klingeln. Nachdem ich ein paar Klingeln des Mehrfamilienhauses gedrückt hatte und wir uns kaputtgelacht haben, weil die Bewohner sich über die Klingelanlage gemeinsam aufregten, war die nächste Stufe die Reihenhaussiedlung. Während alle auf Abstand gingen, drückte ich mit feuchten Fingern auf den Klingelknopf des ersten Hauses. Sofort verließ mich der Mut, doch die anderen riefen mir zu, ich solle noch mal klingeln. Ich tat es, und schon wurde die Haustüre ruckartig aufgerissen. Alle Kinder rannten wie die Teufel los. Nur ich blieb wie versteinert stehen. Ich konnte meinen Blick einfach nicht von der Person reißen, die da in der Tür stand. Mit festem Blick und noch festerem Schritt stürmte der junge Mann auf mich zu.

Ich nahm noch seine Glatze und seine Tattoos an den Armen wahr, da spürte ich auch schon den Aufprall seiner großflächigen Hand auf meiner Wange. Instinktiv trat ich ihm vor das Schienbein, was mir ein verächtliches «Das treib ich dir Drecks-N**** aus» und einen Faustschlag einbrachte. Ich fiel rückwärts auf die Wiese. Meine sogenannten Freund*innen waren weg. Sie hatten mich im Stich gelassen.

Die Eltern des Geburtstagskindes wollten keine Unruhe in der Nachbarschaft verursachen, und so schwiegen sie zu dem Übergriff. Meinen Eltern erzählte ich, dass es eine Rangelei auf dem Geburtstag gab, sie fragten nicht weiter.

24

DIE BESTEN TAGE waren die Sonntage, an denen hatte er meistens gute Laune. Dann zog er sich in die Küche unseres kleinen Reihenhauses zurück, schnippelte, rührte, kochte und briet mit Hingabe und Freude ein Drei-Gänge-Menü. Ich liebte diese kleine Tradition, diese beinahe spießig anmutenden Sonntage, an denen er die Familie kulinarisch verwöhnte. Wenn ich noch mehr Glück hatte, spielte unser Kind ein paar Momente für sich oder hielt einen längeren Mittagsschlaf, und ich konnte mal ein Buch lesen oder schlafen oder mich einfach kurz um gar nichts kümmern. Die Sonne schien durch die großen Fenster, und das ganze Haus duftete nach Rinderbraten, Salzkartoffeln und nach fruchtiger Nachspeise. Wenn alles richtig gut lief, hatten wir noch Sex. Das waren die besten Tage.

Ich konnte dann fast vergessen, dass die Stimmung selbst jetzt noch jederzeit kippen konnte, dass der Kochtopf auf dem Boden landen oder ein Teller meinen Kopf knapp verfehlen und an der Wand zerspringen konnte.

Und an einem dieser Sonntage also verzichtete er auf Verhütung, denn ein Kind war ihm nicht genug. Er wollte mit einer richtigen Großfamilie sonntags am gedeckten Tisch sitzen, wie er es selbst von seinen Eltern kannte, das war sein Traum. Überhaupt, Verhütung war ein großes Thema. Größer als sein Schwanz war sein Bedürfnis, in mir abzuspritzen. Er wusste, dass ich die Pille wegen meiner Vorerkrankungen nicht nehmen durfte. Die Hormonspirale wurde mir so schnell entfernt, wie sie gelegt wurde. Ich vertrug sie nicht. Verhütung war, fand er, dennoch meine Sache. Mit Kondom war halt abtörnend. Nicht zu ficken war auch keine Option für ihn. So fing ich mir nicht nur Schwangerschaften, sondern auch noch Geschlechtskrankheiten ein – und Ohrfeigen, wenn ich danach fragte, woher er die hatte. Denn selbstverständlich behauptete er, es läge an mir. Selbst wenn ich neben dem Kind die Zeit gefunden hätte, fremdzugehen, ich hätte es nicht getan, weil ich mich bis zur Selbstverachtung geschämt hätte.

Für ihn schien das kein Problem zu sein. Immerhin, beides hatte vor allem für mich Folgen. Er war schließlich die meiste Zeit unterwegs, schraubte an seiner Musikerkarriere oder bewies bei den Breakdance Battles, dass er es noch draufhatte – und das hatte er! Oft war ich mit dem Kind und den Geschlechtskrankheiten allein. Während das eine ein ärgerliches Übel war, war das andere das größte Geschenk, das ich mir wünschen konnte. Wie sollte ich ihm also böse sein, indem ich das gegeneinander aufwog? Und schneller, als ich gucken konnte, war ich wieder schwanger.

Aber wie schon zuvor versprach er mir auch jetzt, dass sich alles ändern würde. *Er* würde sich ändern. Er wollte dieses Kind unbedingt, es würde ihn stolz und glücklich machen. Er hat versprochen, dass es dieses Mal anders werden würde, dass er es wirklich begriffen habe. Ich glaubte ihm, auch wenn es sonst niemand mehr tat. Ich wollte einfach glauben, dass der Vater meiner Kinder ein guter Vater sein könnte. Ein guter Mann, in dem ich so viel mehr sah, als sein Ruf verheißen mochte. Ich wollte den Vater meiner Kinder lieben, und ich wollte, dass er uns liebte. Ich wollte eine heile ganze Familie.

Wir zogen einmal mehr um. Und auch das sollte einen Neuanfang einläuten. Es stimmte: Das Reihenhaus, das wir gemietet hatten, war nicht groß. Das Kind hatte sein Zimmer, wir unser Schlafzimmer. Ich dachte, die Kinder könnten sich auch ein Zimmer teilen und zuerst würde das Baby sowieso oft nachts bei mir schlafen, aber für ihn kam das nicht in Frage. Und vielleicht glaubte er für eine kurze Weile tatsächlich daran, so wie ich auch, dass mit einem weiteren Kind, mit einem weiteren Umzug, mit einem gemeinsamen Urlaub alles besser werden würde, er sich ändern würde. Vielleicht kam ihm ein alleinstehendes Haus auch deshalb gelegen, weil nun sicher keine Nachbarn mehr hören konnten, was bei uns los war. Auch wenn niemals irgendjemand etwas gesagt hatte.

Dabei hatten wir nicht mal einen Alltag miteinander. Er war mittlerweile so oft unterwegs, dass wir uns manchmal ein, zwei Wochen am Stück nicht sahen. Er versprach, dass er nicht mehr so viel auswärts arbeiten würde. Er wollte da sein, damit ich nicht die ganze Last mit den Kindern alleine schultern musste. Er versprach sich endlich therapeutisch helfen zu lassen, weil er selbst einsehe, dass es so nicht weitergehen konnte. Es nicht sein konnte, dass das Kind und ich in Angst vor ihm lebten.

Aber natürlich änderte sich nichts, und so kümmerte ich mich weiter alleine um das Kind. Und am Wochenende galt es vor allem dafür zu sorgen, dass dieses brav und still war und das Haus sich in einem nahezu klinisch sauberen

Zustand befand, denn wenn er nach einer harten Woche nach Hause kam, musste er sich ausruhen. Nichts konnte ihn davon abhalten, seiner Leidenschaft, dem Breaken, nachzugehen. Und das tat er weltweit. So kam es vor, dass, während er am anderen Ende der Welt auf einem Contest in Brasilien oder sonst wo war, ich mit dem Kind ins Krankenhaus musste, weil es hohes Fieber hatte.

25

DIE ANDEREN LÄUFERINNEN stehen schon aufgereiht nebeneinander und üben sich in psychologischer Kriegsführung. Alle hier haben übermäßig austrainierte Körper, alle sehen schon aus wie erwachsene Frauen. Nur ich wirke, als hätte ich gerade erst die Grundschule verlassen.

«Das ist doch kein Mädchen!», höre ich eine empört sagen, als ich langsam an meinen Konkurrentinnen vorbei zum Laufrichter gehe. Alle sind genervt von mir, weil ich mich beim Aufwärmen kaum bewegt habe und grundsätzlich gerade einfach viel zu entspannt für das bin, worum es hier geht.

Das Einzige, was mir half, nicht zu verzweifeln in einem Alter, in dem man sonst an allem verzweifelte, war mein Sport. Während alle anderen sich mittlerweile immer weniger für Pferde und Fußball, dafür für Brüste und Schwänze interessierten, für Rauchen, Alkohol und Knutschen, Partys feierten, auf die ich nicht eingeladen war, interessierte mich nur das Laufen. Vielleicht auch weil keiner von denen sich für mich interessierte.

Die anderen Mitschüler*innen, die nicht auf Partys gingen, hatten wenigstens eine Ausrede: Sie durften halt nicht. Die hatten Eltern, auf die sie es schieben konnten. Ich konnte es nicht auf meine Eltern schieben und schob es vor mir selbst der Einfachheit halber auf den Sport. Die meisten im Verein hatten genauso wenige Freunde neben dem Sport wie ich und auch keine Zeit dafür. Meine Partys waren die Wettkämpfe. Und nirgendwo feierte ich mehr. Und vielleicht auch zu viel.

So low mein Selbstbewusstsein in allen anderen Bereichen des Lebens war, beim Laufen war es doppelt so groß wie ich.

Weil ich so schnell bin, trainiere ich auch mit älteren Jugendlichen und jungen Männern. Sie sind hart genervt von mir. Während sie im Regen irgendwann beginnen, jeden Schritt zu erkämpfen, quatsche ich sie noch munter und ganz nebenbei voll. Ich frage sie auch, ob es ihnen nicht peinlich ist, von mir abgezogen zu werden. Und auch wenn die Typen genervt sind, oft lachen sie doch über meine bekloppten Scherze, nennen mich «Kleines» und haben vor allem Respekt vor mir und meiner Leistungsfähigkeit.

Einmal bin ich vor einem Rennen zum amtierenden Hochsprung-Weltmeister gegangen, der sich im selben abgesperrten Areal aufwärmte.

«Willst du ein Autogramm?», fragte er mich.

«Nein danke», gab ich zurück, «aber willst du eins von mir?»

«Warum sollte ich ein Autogramm von dir haben wollen?», fragte er grinsend.

«Na, weil ich werd auch bald Weltmeisterin sein und einen neuen Weltrekord aufstellen!»

Als er anfing zu lachen, zog ich die Stirn kraus. «Ich meine das ernst! Ich werde Weltmeisterin.»

Vielleicht rührte ich ihn, vielleicht beeindruckte ich ihn

sogar, denn er ließ sich tatsächlich ein Autogramm von mir geben. Auf seine Spikes.

Meinem Trainer gefällt meine Einstellung überhaupt nicht, er findet mich hochmütig. Sowieso schon cholerisch, ist er jetzt wirklich außer sich. Und weil es in den letzten Trainingswochen nicht so lief, wie er es gerne hätte, will er mir heute eine Lehre erteilen. Er lässt mich vier Altersklassen höher starten – «damit du mal auf die Fresse fällst», wie er es ausgedrückt hat. Es ist also gar nicht erstaunlich, dass alle Mädchen an der Startlinie erwachsener aussehen als ich. Aber heute trete ich in meiner liebsten Disziplin an, den 800 Metern, und ich will den Lauf gewinnen.

Mein Trainer will, dass ich strategisch laufe. Ich will das nicht, ich kapiere auch einfach nicht, warum ich taktisch vorgehen und Kräfte sparen soll, indem ich mich die erste Runde hinter irgendeiner Tempomacherin halte. Das funktioniert doch nur dann, wenn die dann auch wirklich Tempo macht. Und mir ist das zu langsam. Jedes Mal. Ich will mich einfach nicht dem Rhythmus anderer anpassen. Ich laufe nicht gegen die, ich laufe gegen mich.

Und er weiß, ich schone mich nie. Er hat mich schon während des Trainings kotzen sehen. Er hat mich trainiert, als ich Fieber hatte und eigentlich im Bett hätte liegen sollen, statt durch Regen und tiefe Pfützen der Aschebahn zu laufen. Selbst als ich meine Medikamente gegen die wirklich heftigen Allergien absetzen muss, weil diese auf der Dopingliste stehen, ziehe ich halt mit roten Augen, triefender Nase und allergischem Husten durch. Normal! Wenn ich mein Ziel erreichen will, und nichts will ich mehr, muss ich das halt in Kauf nehmen. Er sollte wissen, dass ich nicht auf die Fresse fallen, sondern nur noch mehr in den Kampf mit mir treten werde, in den Kampf gegen meinen Körper, den ich im Angesicht von so vielen reiferen, weiblicheren Körpern erst recht nicht leiden kann.

Der Laufrichter bittet mich an die vierte Startposition und fragt, ob ich sicher bin, dass das hier mein Lauf ist. Es ist mein Lauf, ich trage die richtige Nummer, und mein Name steht auf seinem Klemmbrett. «Na dann, viel Glück», sagt er und geht zu seinem Assistenten, um sich auf den Start vorzubereiten.

Auch meine Mitstreiterinnen sind kampfbereit. Dann kommt der Startschuss, und sofort stecke ich links wie rechts Ellenbogenhiebe ein. Die üblichen Spielchen – solange man nicht fällt, ist das nicht weiter schlimm. Und während die beiden neben mir noch voll darauf konzentriert sind, mich wegzurammen, laufe ich ohne Rücksicht auf Verluste, in dem Fall meine Lippe, die gerade durch einen Hieb von links aufgeplatzt ist, durch die Menge der Kontrahentinnen und aus dem Gerangel heraus an die Führungsposition.

Mein Trainer brüllt über den Platz. Trotz all der Anfeuerungen der Eltern und Vereinskamerad*innen höre ich ihn klar und deutlich heraus. Er ruft: «Tempo raus» und «Lass ziehen». Immer dieselbe Leier, denke ich, während ich wütend die Spikes in die Tartanbahn hämmere. Noch höre ich das Keuchen meiner Verfolger*innen hinter mir. Eigentlich ist es zu früh, um einen kurzen Blick über die rechte Schulter zu werfen, um den Abstand einzuschätzen. Ich gucke trotzdem. Ich sehe, dass sie noch nah dran sind, aber Mühe haben, das Tempo, das ich hier gerade vorgebe, mitzugehen.

Ich merke schon jetzt, dass meine Muskeln mir den Quatsch hier nicht danken werden und ich die nächsten zwei Tage eigentlich ins Altenheim einchecken kann, so wie ich mich fühlen werde, aber das ist es mir wert. Ich laufe auf die zweite Gerade ein und sehe aus dem Augenwinkel, dass mein Trainer mir vom Sportplatzrand wild gestikulierend entgegenläuft. «Spinnst du komplett?», ruft er, und ich ignoriere es. Meine Trainingskamerad*innen laufen am Rand auf und ab und feuern mich lautstark an, was ich mit einem lässigen Peace-Zeichen meiner rechten Hand honoriere. Das wird erst recht für Megazoff sorgen, aber ich lass es mir dennoch von dem alten Miesepeter nicht nehmen. Das hier macht mir einfach Spaß, und ich wüsste keinen Grund, das nicht auch zu zeigen.

Die erste Runde habe ich hinter mir, die Hälfte ist geschafft, jetzt muss ich nur noch durchhalten. Die Schmerzen ignorieren, den knapper werdenden Sauerstoff und die Müdigkeit, die sich grundsätzlich nach Runde eins einstellt. Mit einem weiteren Blick über meine Schulter bemerke ich, dass die Läuferin rechts von mir den Abstand verringert hat. Das ist nicht gut. Jetzt beginnt der Kampf. Jetzt ist der Punkt erreicht, an dem sowohl mein Körper als auch mein Geist eigentlich nichts anderes wollen, als aufzugeben. Beide schreien: «Was zur Hölle soll der Scheiß? Warum rennen wir hier im Kreis?» Und ich kann es ihnen nicht verübeln. Es ist bescheuert und langweilig, ohne Grund im Kreis zu laufen. Aber es ist das, was ich kann. Es ist das, was mich aushalten lässt, was ich sonst nicht aushalten würde.

Viele sagen, sie laufen, um den Kopf freizubekommen. In mir aber tobt ein existenzieller Kampf. Und dieses Mal gewinne ich ihn. Meine Gegnerin und ich biegen auf die Zielgerade ein. Die anderen sind weit abgeschlagen. Das Publikum brüllt. Unsere Trainer brüllen. Wir keuchen. Ich besiege sie und mich und laufe als Erste ins Ziel.

Ich bin tot und habe ihn doch gewonnen, den Kampf um mich und meine ganze Daseinsberechtigung. Ich bin glücklich. Und während mir die Beine wegsacken, zischt meine Gegnerin zu mir rüber: «Das ist unfair, ihr rennt von Natur aus schneller.»

26

ICH WAR DAS, was man gemeinhin als Spätentwicklerin bezeichnen würde. Mit dreizehn bekam ich meinen ersten Kuss auf die Wange, von meinem ersten Freund, einem Jungen aus der Parallelklasse, woraufhin ich ihm eine ballerte und Schluss machte. Dabei sollte es dann für die nächsten Jahre bleiben, was sexuelle Erfahrungen anbelangt. Mich interessierte das alles nicht. Und wenn ich mich für einen Jungen interessierte, war er in der Regel viel zu alt und interessierte sich, zum Glück, nicht für mich. Meine Leidenschaft galt dem Sport, dem Wettkampf, da war kein Platz für romantische Gefühle. Ich schwärmte hin und wieder mal für Jungs oder Mädchen, aber darüber hinaus fühlte ich mich in meiner eigenen Haut so unwohl, dass ich nie auf die Idee gekommen wäre, jemanden an mich ranzulassen.

Doch schon zwei Jahre später änderte sich alles für mich. Alle, auch ich, entdeckten Hip-Hop. Das uncoole Mädchen war plötzlich für Jungs interessant. Jetzt, wo sie ständig Schwarze Frauen in Musikvideos singen oder in Rapvideos lasziv tanzen sahen, wollten sie sich, wenn sie selbst schon nicht so cool waren wie ihre Idole, wenigstens damit schmücken, mit jemandem zusammen zu sein, der in ihren Augen all dem entsprach, was sie da im Fernsehen sahen. Ich sah weder aus wie Mary J. Blige noch wie eine Aaliyah, aber immerhin konnte ich ganz gut tanzen. Das reichte, um plötzlich mit anderen Augen gesehen zu werden. Und auch ich hatte jetzt Vorbilder, Schwarze Frauen, zu denen ich aufblicken konnte. Ich begann mich so zu kleiden wie die Frauen in den Videos und versuchte ihre ganze, für mich atemberaubend selbstsichere Attitüde zu imitieren. Doch statt wie andere meines Alters wild herumzuknutschen oder gar zu bumsen, ging es bei mir selbst mit fünfzehn übers Händchenhalten nicht hinaus. Wollte einer mehr, machte ich einfach Schluss und kam mit dem Nächsten zusammen. So unstet meine «Beziehungen» waren, so unzuverlässig wurden auch meine Leistungen. Sowohl in der Schule als auch beim Sport. Noch wussten weder Trainer*innen noch ich, dass das zumindest im sportlichen Bereich nicht an den Jungs lag, sondern an meiner körperlichen Verfassung. Denn so gern ich auch verknallt war, hin und wieder auf Partys ging und kiffte, ich übertrieb es nicht und hatte stets im Hinterkopf, dass ich, sollte ich mich gehenlassen, keine Höchstleistungen erbringen konnte. Und das wollte ich. Nichts wollte ich mehr.

Zu Hause gab's nur Stress. Meine Eltern schienen ebenfalls die beste Performance abliefern zu wollen. Ihre Sportart: sich gegenseitig abfucken! War ich mal ausnahmsweise nicht beim Training, in der Schule oder mit meinen Freund*innen unterwegs, half es nur, die Kopfhörer aufzusetzen und den Discman auf Endlosschleife laufen zu lassen. War's besonders hart, wurde die Hip-Hop-CD gegen eine von Nirvana getauscht. Kurts Gebrüll ließ mich das Gebrüll meiner Eltern besser ertragen. Irgendwann rafften sie auch, dass ich kiffte, aber da sie so sehr mit sich selbst beschäftigt waren, war es ihnen egal. Darin waren wir uns einig: Ihnen war alles egal, was jenseits ihrer Probleme existierte, und mir war alles egal, was jenseits meiner Probleme existierte.

Ich war damit beschäftigt, herauszufinden, warum alles, was ich anfasste, zu Scheiße wurde. Warum einfach nichts klappte. Immerhin, ich hatte jetzt Homies, mit denen ich abhing. Uns verband die Liebe zum Hip-Hop, und ich war nicht mehr ganz so alleine, aber es blieb die ganze Zeit diese Unsicherheit, ob sie mich um meinetwillen mochten oder ob sie nur das mochten, was ich mit meiner Hautfarbe für sie symbolisierte. Selbst wenn ich mit anderen zusammen war, gerade mit irgendeinem Jungen Händchen hielt, mich mit meinen Girls bei den legendären Wu-Tal-Partys einschlich oder am Startblock neben meinen Konkurrentinnen stand: Überall fühlte ich mich allein.

27

MEINE WUT AUF DIE SCHULE und die Lehrer*innen steigerte sich auf dem Gymnasium kontinuierlich ins Unermessliche. Ich fühlte mich nicht gesehen und mittlerweile auch dann ungerecht behandelt, wenn es vielleicht gar keinen Grund dazu gab.

Ich vertraute nicht einem von ihnen. Weder waren sie Vorbilder, noch konnten sie zu mir durchdringen. Es wäre ein Leichtes gewesen, mich zu begeistern. Aber sie unterschätzten mich, stellten mich bloß und verletzten mich, vielleicht nicht immer absichtlich, aber ich konnte das irgendwann nicht mehr unterscheiden. Ich machte einfach dicht. Ich wollte nicht schleimen müssen, nur um nicht aufzufallen.

«Du, sag mal, ist deine Pisse eigentlich auch braun?», fragt sie mich. Ich denke, sie meint es nicht böse. Sie ist ein bisschen zu betrunken und vielleicht auch zu bekifft. Eigentlich mag ich sie. Sie ist eine Stufe über mir. Durch meine Ehrenrunden sind wir aber gleich alt. Es ist die Abifeier meiner besten Freundin, die zusammen mit mir viele Jahre im Sportverein trainiert hat und auch auf meine derzeitige Schule geht. Alle rauchen, trinken und feiern.

Ich möchte auch feiern, ich möchte nicht wütend werden, ich möchte nicht verletzt sein, ich möchte mich auch einfach entscheiden können, hier und jetzt zu feiern wie alle. Also ignoriere ich die Frage. Ich lache sie weg.

Ich habe vorher schon ein paar Mal an einer Zigarette gezogen, bin aber keine regelmäßige Raucherin. Ich stehe in eine Ecke gedrängt mit den anderen. Der blaue Dunst zieht über unsere Köpfe hinweg.

«Fuck», zischt eine, die ich aus der Hip-Hop-Tanzgruppe kenne. Sie wirft die Zigarette weg, und instinktiv tun wir anderen es ihr nach.

«Na, na, na, wen ham wa denn da?», höre ich eine mir bekannte Stimme. Es ist meine Erdkundelehrerin. Sie verwechselt meinen Namen immer mit dem meiner Sitznachbarin, die im Unterricht meistens pennt, aber vor allem glattes braunes Haar hat und weiß ist.

«Du», sagt sie und zeigt mit ihrem grauen Zeigefinger auf mich. «Du kommst jetzt mit mir!»

«Ernsthaft?», entgegne ich genervt und verdrehe die Augen. «Hier stehen fünfzehn Leute, und Sie ziehen mich raus?»

Die anderen werfen mir einen bösen Blick zu, bevor sie sich klammheimlich vom «Tatort» entfernen. Sie sind sauer auf mich, weil ich sie mit reinziehe. Kann man ihnen nicht verübeln. Mir aber eben auch nicht, dass ich es satthabe, immer die zu sein, die, nur weil sie in der Masse der Milchgesichter auffällt, bestraft wird.

«Ach, egal», sage ich, trete noch mal nach der Kippe auf dem Boden und folge resigniert meiner Lehrerin. So läuft es immer.

Das einzige Fach, bei dem ich mich wohlfühlte, war Sport. Da zählte nicht, wie ich aussah oder wie ich auftrat. Da zählte nur eins: Leistung. Und ich lieferte. Jedes. Verdammte. Mal.

Und dann passiert das Unfassbare: Ich habe eine Zwei bekommen. Eine Zwei in Sport? Das kann nicht sein. Ich laufe in jeder Trainingseinheit mindestens 30 Kilometer. Mache zusätzlich Ausgleichssport wie Schwimmen, Tennis und Basketball. Ich habe nahezu jedes Wochenende Wettkämpfe, die ich fast ausnahmslos gewinne. Und ich habe Spaß am Unterricht. Ich mache mit. Absolviere jede einzelne Stunde mit vollem Einsatz. Ich bin schneller als alle Jungs in der Klasse, mögen sie noch so viel Fußball oder Handball spielen. Es gibt keine Sportart, die mir nicht einigermaßen liegt und in der ich mich so schlecht anstelle, dass ich als Gesamtnote eine Zwei verdient hätte.

Ich bin ehrlich richtig verletzt. Der Lehrer liest ungerührt Name nach Name, Note nach Note vor. Ohne weiteren Kommentar. Ich schlucke meinen Ärger herunter, denn als er fertig ist, geht es weiter mit dem Unterricht. Heute ist mal wieder Basketball dran, die Lieblingssportart meines neuen Lehrers. Wir haben ihn seit Anfang des neuen Schuljahres, also seit der Achten. Er hat blonde lange Haare, und ich habe ihn noch nie in etwas anderem gesehen als Jogginghosen, einem weiten T-Shirt und Sportschuhen. Zur Schule kommt er in seinem schnittigen schwarzen BMW Cabrio. Er hat ein schönes Lächeln, überhaupt ist er ziemlich schick, finde ich.

Er pfeift ein Foul gegen mich, das aus meiner Sicht keines war. Aber wie soll ich das beweisen? Bei wem soll ich mich beschweren? Was habe ich ihm bloß getan? Frustriert lasse ich mich auswechseln. Wütend über die Ungerechtigkeit, werfe ich mein neongelbes Trikot in die Ecke und trete gegen einen herumliegenden Ball. Natürlich bekommt er das mit. Sofort pfeift er das Spiel ab und ruft die gesamte Klasse zu sich.

«Diese Aggressionen dulde ich nicht», sagt er, worauf ich ein verlegenes «Ja, sorry, Mann» vor mich hin murmle.

«Hast du ein Problem mit mir?», fragt er mich geradeheraus, und anstatt meine Klappe zu halten, platzt es vor allen aus mir heraus: «Ja, habe ich. Warum habe ich nur eine Zwei bekommen?» Mir kommen beinahe die Tränen. Wenn ich selbst beim Sport nicht mehr glänzen kann, was bleibt mir dann?

Er stößt ein kurzes Lachen aus und antwortet: «Das weißt du doch», als wäre damit alles erklärt. Ich weiß es aber wirklich nicht, und das sage ich ihm auch, als er sich gerade umdrehen und das Spiel neu aufstellen will. Er nimmt mich zur Seite und sagt: «Du hast eine Note abgezogen bekommen, weil du körperlich im Vorteil bist.» Ich begreife nicht, wie ich oft Dinge nicht verstehe, wenn sie mich so sehr verletzen.

«Wie?», frage ich. «Weil ich so hart trainiere?»

«Nein, andere hier trainieren auch hart. Es liegt an deinen Fersen. Ihr habt andere Fersen als wir. Wenn ich fair sein will, bleibt mir gar nichts anderes übrig, als dir eine Note abzuziehen.»

Damals, als Teenagerin, fing ich gerade erst an, solche Dinge einzuordnen. Mir wurde erst langsam bewusst, dass das, was mir da entgegenschlug, Rassismus ist. Ich konnte schwer verstehen, dass die Menschen, die mir etwas beibringen sollten, mir aufgrund ihrer rassistischen Sozialisierung nicht wohlgesinnt waren. Ich war von ihnen, von ihrer fairen Behandlung und vor allem Bewertung abhängig.

Die Folge war, dass ich mich von meiner frühsten Kindheit an bis ins junge Erwachsenenalter hinein nicht sicher fühlen konnte. Ich versuchte mit allen Mitteln, mich unterzuordnen, um Personen, zu denen ich in einem Abhängigkeitsverhältnis stand, keine Angriffsfläche zu bieten. Fast krankhaft wechselte ich zwischen Anpassung und wütendem Ausbruch über den Druck, der auf mich ausgeübt wurde, den ich aber auch selbst aufbaute, um mir einen Schutzschild zuzulegen.

28

DAS ZWEITE KIND war mein Anfang und unser Ende. Es gab nicht den einen Tag oder einen Moment, in dem sich alles änderte, aber es passierte. Immer wieder hatte unsere Beziehung kurz vor dem Aus gestanden, mal wollte ich gehen, mal er. Doch nie gelang uns die Trennung. Er drohte, mich mit den Kindern rauszuwerfen, und bettelte dann, dass ich nicht gehen solle. So ging es eine quälende Weile, nie war die Trennung wirklich ernst. Und auch bevor alles besser wurde, wurde es erst noch viel schlimmer.

Das kleine Bündel liegt seelenruhig in meinen Armen. Ich hingegen bin erschöpft von der Geburt, darf mich aber diesem Zustand nicht ergeben. Meine Tochter wartet auf mich. Er wartet auf mich. Und er fordert meine Aufmerksamkeit.

Ich beuge mich seinem Willen. Um dem Säugling die Stresshormone zu ersparen, die er angeblich mit der Muttermilch aufnehmen würde, stimme ich zu, vorerst nicht zu stillen. Ich gehe immer wieder den Weg des geringsten Widerstands. Trotz der Schwangerschaftshormone, der Überforderung, Überlastung und Übermüdung versuche ich, nicht «wie eine Bitch rumzuzicken». So nennt er es, wenn ich sage, dass ich nicht mehr kann. Also sage ich nichts mehr. Denn ich will dieses Kind natürlich stillen, so wie ich mein erstes Kind auch gestillt habe. Ich weiß zwar, dass es ihm nicht passt, weil ich dann an das Kind und das Kind an mich gebunden ist und er mich allein für sich will, aber wenn ich jetzt einlenke und dafür sorge, dass seine Laune im gesunden Rahmen bleibt, habe ich eine Chance, mich am Ende durchzusetzen. Ist das durchtrieben? Ja, vielleicht, aber es ist die einzige Chance, mein Baby später doch zu stillen. Denn im Grunde gilt: Sein Wort ist Gesetz. Sein Wort steht auch schon lange über dem der Ärzt*innen, die eine vorzeitige Entlassung für gefährlich halten. Ich bin es gewohnt, mich gegen den ärztlichen Rat selbst zu entlassen. Risikogruppe oder nicht spielt einfach keine Rolle mehr, seit er entscheidet, was gut für mich und unser Kind ist. Und das betrifft längst nicht nur medizinische Fragen.

Zu Hause entscheidet er auch, was ich tragen soll. Er weiß, was mir steht. Und selbst wenn ich High Heels und eng anliegende Kleider im Alltag unpraktisch finde, trage ich sie für ihn. So wie ich bis eben unser letztes gemeinsames Kind für ihn getragen habe.

Die Entbindung ist gerade mal ein paar Stunden her, aber ich habe keine Wahl. Ich ziehe mich an, bereite das neue Familienmitglied auf seine erste Autofahrt vor und beruhige meine aufgebrachte Tochter. Er guckt auf sein Smartphone und ist genervt. Ich mache mir Sorgen, dass er wieder einen Wutanfall bekommt. Er war bei der Geburt dabei, ist wahrscheinlich extrem angespannt und müde nach der Nacht im Kreißsaal. Ich schreibe die Gereiztheit seiner Erschöpfung zu und versuche, ihn zu entlasten.

Ich blute aus dem Intimbereich, und die Nachwehen treiben mir Schweißperlen auf Stirn und Oberlippe. Er meinte, er brauche meine Hilfe zu Hause. Also gehe ich mit. Ich will noch immer eine gute Frau sein.

Er wollte dieses Kind so sehr, aber ich kann schon jetzt an seinem Blick, an seiner Körperhaltung ablesen, dass da vieles ist, nur keine Liebe. Nicht für mich, nicht für diesen neuen kleinen Menschen, nicht für das ältere Kind, das sich an mein Nachthemd klammert und fragt, ob ich jetzt bitte mit nach Hause kommen könne. Ich sehe mich von außen und höre mich sagen: «Ich mache das schon.» Ich sehe mich, wie ich all meine Kraft zusammennehme und mich mit gesenktem Kopf aus dem Zimmer schleppe. An meiner Hand unsere Tochter, die jetzt stolze Schwester eines kleinen Bruders ist. Das Baby lächelt versonnen in meinen Armen. Mein Herz zerreißt, denn ich merke, dieses Wesen ist mein Glück und Stolz. Und auch wenn es mich an meine Grenzen bringen wird, unter diesen Umständen zwei Kinder großzuziehen, werde ich es so wie meine Tochter auch mit meinem Leben beschützen. Und vielleicht liegt es daran, dass mir die Geburt gezeigt hat, wie viel Kraft in mir steckt, vielleicht liegt es am Adrenalin, aber irgendwo in mir wächst dieses Gefühl, dass ich Kraft habe, eine unbändige Kraft. Dass ich ihn nicht brauche, dass ich nur dieses versonnene Lächeln brauche und das Glucksen meiner Tochter, die ihr neues Geschwisterchen mit Küssen übersät und so voller Liebe für es ist. Und auch wenn dieses Gefühl sehr langsam wächst, es ist da, und es geht nicht mehr weg.

29

SCHLEICHEND VERFESTIGTE sich ein Selbstbild, gegen das ich nicht ankam, weil ich den Zuschreibungen von außen nichts mehr entgegensetzen konnte. Ein Selbstbild, das nicht nur sagte: Ich kann nichts, sondern auch: Ich bin nichts. Ich glaubte meinem Stiefvater, der mich anschrie, herabwürdigte, schlug und verletzte. Meinen Lehrer*innen, die mir nichts zutrauten. Meinen Klassenkamerad*innen, die Witze auf meine Kosten machten. Selbst meine Freund*innen konnten auch mal Dinge fragen wie: «Und du bist sicher nicht adoptiert?» Ich glaubte auch meinen Verwandten, die mich «Struwwel» nannten. Das war liebevoll gemeint, aber gerne unterstellten sie mir auch, dass ich nicht wegen meiner Erkrankungen müde und erschöpft sei, sondern bezeichneten das als meine «afrikanische Seite».

Ich glaubte allen, nur nicht an mich. Und so glaubte ich auch ihm, der meine Herabwürdigung ins Perverse trieb. Ich hatte ihm nichts entgegenzusetzen. Nachdem wir gemeinsam unser zweites Kind bekommen hatten, nannte er mich immer wieder «Mama Afrika», weil ich die Kilos von der Schwangerschaft bisher noch nicht vollständig abgenommen hatte. Ich hatte kein Gefühl mehr in mir, das sagte: So spricht man nicht mit mir. So behandelt man mich nicht. Ich hatte eher das Gefühl: Er hat recht. Er muss recht haben. Er spricht nur aus, was alle denken.

Er hat mich fast fünf Jahre nur benutzt und nicht geliebt. An seiner Seite durfte ich nicht am gesellschaftlichen Leben teilhaben, weil ich ihm peinlich war und ihn daran hinderte, Fans nach seinen Konzerten oder auch gerne nach dem Training in der Kabine zu ficken. Irgendwann verlor er sogar diese Hemmung und machte vor meinen Augen mit Girls auf einer Party rum. Er speiste mich ab mit den Worten: «Mach mir hier keine Szene und verpiss dich!»

Einmal hatte ich seine Anweisung, zu Hause zu bleiben, ignoriert und war ohne seine Erlaubnis zu einem seiner Konzerte im kleinen Club um die Ecke gegangen. Als ich im Backstagebereich aufschlug, um ihn und unsere gemeinsamen Freund*innen zu begrüßen, sah er mich entgeistert an und fragte: «Spinnst du, was machst du hier?» Den ganzen Abend machte er sich über mich lustig, stellte mich vor allen anderen bloß.

Verletzt und wütend fuhr ich nachts nach Hause. Als er am nächsten Morgen wiederkam, entlud sich seine Wut. Er verpasste mir ein paar, der Frau, die es gewagt hatte, seine «Ansage» zu missachten.

30

VOM GYMNASIUM RUNTER bin ich letztlich seinetwegen. Zumindest indirekt seinetwegen. Ich konnte ihn, unseren späteren Klassen-Nazi, lange Zeit ganz gut ignorieren. Vielleicht lag es daran, dass ich mich darin einfühlen konnte, wie es war, nicht den gängigen Schönheitsidealen zu entsprechen. Er litt schon früh unter starker Akne. Ich musste ihm zugestehen, dass ich zwar oft nicht seiner Meinung war, aber die große Fresse, die er hatte, respektieren konnte. Klar, es war nicht cool, von ihm blöd angemacht zu werden, wenn ihm mal wieder der Sinn danach stand, aber mit ihm konnte ich mich wenigstens offen streiten.

Zu diesem Zeitpunkt war ich stärker politisiert. Wenn ich durch meine Siedlung zur Schule lief, sah ich Hakenkreuze an den Wänden. Immer wenn ich an einem Haus vorbeikam, wo wieder eines aufgesprüht war, machte ich mich kleiner, als ich sowieso schon war. Ich zog die Schultern samt Rucksack hoch, senkte den Kopf und lief in kleinen Schritten, so schnell ich konnte, daran vorbei. Meine Klassenkamerad*innen irritierte das. Sie fanden mich seltsam und albern. Meine Angst war ihnen fremd. Sie hatten wie ich in ihrer Kindheit «Wer hat Angst vorm Schwarzen Mann» gespielt und die «Zehn kleine N****lein» gesungen, ohne darüber nachzudenken. Sie bekamen die Hauptrollen beim Schultheater und ich von den Lehrer*innen zu hören, dass ich «ganz, ganz hervorragend gespielt» habe, aber für die Rolle wegen meiner Hautfarbe und Haare nicht geeignet sei. Meine Klassenkamerad*innen hatten keine Angst vor den Hakenkreuzen, die unseren Schulweg säumten.

Nur ich, ich hatte Angst vor den Hakenkreuzen – vor denen, die sie malten, und denen, die sie an ihren Häuserwänden offenbar duldeten. Warum sonst wurden sie nicht sofort überstrichen? Offensichtlich störten sie niemanden. Entweder weil sie nicht verstanden, was sie bedeuten, oder weil es sie schlicht nicht betraf.

Ich hatte mittlerweile meine Schüchternheit abgelegt, geradezu ablegen müssen, um mich gegen die Angriffe aus meinem Umfeld zu wehren. Und so krachte es regelmäßig zwischen mir und dem Klassen-Nazi, aber wir beide wussten, wo wir standen, und konnten gut damit umgehen.

Irgendwann, da waren wir in der Achten, begannen die Streite zu eskalieren. Er hatte mit seinen Freunden auf einer jüdischen Gedenkfeier die Gäste belästigt, Menschen, von denen einige den Holocaust überlebt hatten. Ich konnte nicht schweigen. Ich wollte es nicht. Da tickte ich anders als meine Mitschüler*innen. Die waren in der achten Klasse eher unpolitisch und fanden meinen ständigen Eskalationskurs gegen jede Form von Autorität und gegen politische Ungerechtigkeit eher peinlich als cool.

Niemand außer mir legte sich mit unserem Klassen-Nazi an. Zu feige, zu bequem und zu sehr damit beschäftigt, sich den Gedanken, gleich auf dem Schulklo gefingert zu werden oder einen geblasen zu bekommen, nicht vom geröteten Gesicht ablesen zu lassen.

Also kam es vielleicht nicht wirklich überraschend, dass

die Direktorin mich hinter den Flugblättern vermutete, die irgendjemand verbreitet hatte, dem die Aktion auf der Gedenkfeier offenbar genauso gegen den Zeiger ging wie mir.

Ich sitze in ihrem Büro, und sie sagt ohne Umschweife: «Die Flugblätter sind illegal. Du hast dich damit strafbar gemacht. Ist dir das klar?» Ich habe die Zettel tatsächlich weder angefertigt noch verteilt. Woher hätte ich die Kohle dafür nehmen sollen?! Aber natürlich glaubt mir die Direktorin nicht. Sie droht mir, im Übrigen nicht zum ersten Mal, dass ich an ihrem Gymnasium keine Zukunft haben werde. Als wüsste ich das nicht selbst. Ich hatte nie eine Zukunft. Weder hier noch sonst irgendwo.

Der kleine Nazi aber wird garantiert eine Zukunft haben. Sein Vater ist Arzt, der wird ihn schon beschützen. Während sie erläutert, dass sie eine Straftat wie das Verteilen von Flugblättern, die dazu auffordern, einen Schüler als Konsequenz für seinen antisemitischen Überfall der Schule zu verweisen, nicht duldet, stehe ich von meinem Stuhl auf, nehme meine Tasche und gehe. Ich kann diese bescheuerte Kuh nicht ertragen. Ihren braunen Pagenschnitt, die Perlenkette, die randlose Brille und schon gar nicht diese scheißhässlichen Polyesteranzüge, die sie immer trägt. Sie ist die fleischgewordene Mittelmäßigkeit, wie alles und alle hier an dieser Schule.

Ich bin wieder die Einzige, die allein schon optisch nicht reinpasst. Ein paar Pferdemädchen, ein paar Typen, die entweder aussehen wie Dave Grohl von den Foo Fighters oder Nick von den Backstreet Boys. Ein paar Mädels, die wahlweise aussehen wollen wie Courtney Love, Gwen Stefanie oder Britney Spears, und mittendrin ich: Baggy Pants, XL-Shirt, Zahnspange, DC Shoes. Ich kann hier nicht bleiben. Ich weiß, ich habe keine Chance bei ihr. Ich habe es in ihrem teigigen Gesicht gesehen: Sie wird mich für den Scheiß hier hängen lassen. Ich geb einen Fick drauf. Keinen Bock, auch nur eine Sekunde meines Lebens noch mit all diesen Arschlöchern zu verschwenden, denke ich, als ich im Bus auf dem Weg nach Hause sitze, wo mein Stiefvater nur darauf wartet, mir auch auf den Sack zu gehen. Vielleicht sollte ich auch da einfach abhauen.

Und dann kommt es so absurd wie nur möglich. Ich sitze in meinem neuen Klassenzimmer, es ist mein erster Tag nach dem Wechsel auf die Realschule. Als er die Klasse betritt, Bomberjacke, Springerstiefel, kann ich es nicht fassen. Seinetwegen hatte ich das Gymnasium verlassen, und jetzt ist er wieder da. Verfolgt er mich? Er sieht mit einem abschätzigen Lächeln zu mir rüber und setzt sich ans andere Ende des Raums, so weit weg von mir wie möglich. Seine feste Zahnspange ist über die Sommerferien verschwunden, die Haare sind abrasiert. Irgendwie hatte ich plötzlich Respekt vor seinem Vater, der ihn offensichtlich doch nicht beschützen wollte oder konnte. Auch er musste die Konsequenzen für sein Verhalten oder seine Noten tragen.

Er zieht seine Bomberjacke im Klassenzimmer nicht aus, obwohl es viel zu heiß ist. Die Akne ist noch schlimmer geworden, aber Mitgefühl habe ich schon lange keins mehr. Die Atmosphäre ist wie elektrisch aufgeladen.

Mir wie ihm werden neugierige Blicke zugeworfen. Das ist nichts Neues. Nach der Grundschule hatte ich nie jemand um mich, in dem ich mich wiedererkannt habe. Und niemand erkennt sich in mir wieder. Es ist also völlig verständlich, denke ich, als ich die Blicke meiner Sitznachbarin erwidere, dass sie neugierig sind. Sie fühlt sich offenbar ertappt und guckt rasch wieder weg.

In der Zwischenzeit wurde der Nazi von unserer neuen Klassenlehrerin gebeten, sich anständig hinzusetzen und der Klasse vorzustellen. Er rührt sich nicht. Er hat es sich bequem gemacht, und niemand wird ihn dazu bringen, seine Haltung zu verändern. Seine politische Einstellung ist unübersehbar. Er kaut mit offenem Mund Kaugummi, nickt in meine Richtung und sagt: «Solange die N****schlampe hier drin sitzt, sag ich gar nichts!»

Die Lehrerin knallt das Klassenbuch auf den Tisch und weist ihn wütend zurecht, dass er mich nicht Schlampe nennen soll.

«N**** ist aber offensichtlich okay», murmle ich wütend vor mich hin, womit ich jetzt ihre Aufmerksamkeit auf mich ziehe.

«Und was zischst du da vor dich hin?», fragt sie und wirft einen Blick auf den Zettel auf ihrem Pult, um meinen Namen abzulesen. Ich komme ihr zuvor und stelle mich vor.

«Ich habe gesagt, dass es Ihnen anscheinend egal ist, dass er N**** gesagt hat», sage ich und blitze sie wütend an.

«Beide raus aus meinem Klassenzimmer!», schreit sie. Dass das passieren würde, war mir irgendwie von dem Moment an klargewesen, als er den Raum betrat.

Wir beide erheben uns von unseren Stühlen und gehen an unseren neuen Klassenkamerad*innen vorbei, die gar nicht so recht begreifen können, was sich an ihrem ersten

Schultag nach den Sommerferien hier abspielt. Die Lehrerin folgt uns, und obwohl sie sich beeilt, kann sie nicht verhindern, dass ich ihm, nachdem er mich «Scheiß-Untermensch» genannt hat, auf seine Springerstiefel rotze. Sie ist aber schnell genug, als er mit geballten Fäusten auf mich zustapft. Mit einem «Jetzt reicht's!» geht sie dazwischen.

Sie scheucht uns den Flur entlang zum Büro des Schulleiters. Bevor sie es betritt, wirft sie uns einen letzten tadelnden Blick zu. Während er sich lässig auf dem Stuhl zurücklehnt, entspannt sein Kaugummi kaut und mich abschätzig anlächelt, verzweifle ich an ihrem Blick, der mich glauben lässt, dass jemand heute noch die Schule verlassen wird – und dass nicht er derjenige sein wird. Und weil ich es einfach nicht ertragen hätte, wieder von dem System gefickt zu werden, schmeiße ich in vorauseilender Hoffnungslosigkeit hin. Beschlossene Sache.

«Lassen Sie's gut sein», sage ich trotzig, drehe mich um und gehe, nicht ohne entschlossen die Hand der Lehrerin, die mich aufhalten will, von meiner Schulter zu wischen.

«Hast du mal wieder grandios verkackt», denke ich, als ich vor dem Schulgebäude stehe, und mache mich frustriert auf den Weg zum Bahnhof.

31

ZU DER WOHNGRUPPE, in der meine Mutter arbeitete, kam noch eine zweite dazu. Sie eilte von Patient*in zu Patient*in, von einer Wohnung in die andere, um die pflegebedürftigen Menschen zu unterstützen. Ihr Dienst begann um fünf Uhr morgens und endete mitunter um zweiundzwanzig Uhr nachts. Dazwischen versuchte sie uns mit Mittagessen zu versorgen, sich kurz einen Eindruck davon zu verschaffen, wie es in der Schule gewesen war und ob es uns gut ging. Da sie es meistens nicht bis zu uns nach Hause schaffte, fuhren mein Bruder und ich oft zu ihr in eine der Wohngruppen.

Meine Mutter hätte stolz sein müssen auf das, was sie tagtäglich leistete. Stattdessen litt sie unter ihrem schlechten Gewissen, weil sie so wenig für uns da sein konnte. So sehr ihre Arbeit sie finanziell absicherte, privat ging alles den Bach runter. Eine Bankrotterklärung für ihre Ehe miteingeschlossen. Schon lange lief es zwischen ihr und meinem Stiefvater solide beschissen. Als auch noch mein kleiner Bruder und ich immer mehr Probleme bereiteten, zerriss meine Mama sich, um allen gerecht zu werden. Sie versuchte, das Unmögliche möglich zu machen: die Hauptverdienerin der Familie zu sein – mein Stiefvater war meist zu bekifft und faul, um tatsächlich zu arbeiten oder sie im Haushalt zu unterstützen – und uns Kindern einen geregelten Tagesablauf zu bieten.

Sie wusste, dass sie sich belog. Sie weinte viel. Vor Erschöpfung und Wut. Wenn ich gerade mal nicht mit mir selbst beschäftigt war, wie so oft in dieser Zeit, versuchte ich sie zu trösten, was mir nur selten gelang. Wie soll eine Teenagerin ihre Mutter auch auffangen? Mein Stiefvater indessen gab in seiner Verzweiflung mir die Schuld. Einmal meinte er zu mir: «Ich war bei einer Wahrsagerin, und die meinte, es gibt eine Feuerfrau in meinem Leben, und die wird mich zerstören. Du bist das. Du bist die Feuerfrau.»

«Whatever», dachte ich und sprach fortan kaum noch mit ihm. Wir brüllten uns eh nur noch an. Ich sah da keinen Sinn drin. Es war deren Problem. Ich hatte genug eigene. Also sollten sie es einfach hinbekommen, die Opfer, und mich da raushalten. Aber sie bekamen ihre Probleme nicht auf die Reihe. Natürlich nicht. Die Stimmung zwischen meinen Eltern wurde immer schlechter, so wie meine Laune. Im Grunde hassten sie sich, aber wir wohnten nun mal zusammen, mein Vater war finanziell auf meine Mutter angewiesen, und so waren so aneinander gebunden. Mein Stiefvater hatte eigentlich nur noch schlechte Laune, war wütend auf meine Mutter, wütend auf mich, wütend auf alles. Ich nutzte jede Gelegenheit, um der Stimmung dort zu entkommen, und sei es, indem ich ein paar Schreibwaren fürs Büro holte. Hauptsache, nicht bei meinen Eltern, und Hauptsache, keine Hausaufgaben machen.

Schule ist Abfuck. Ich checke nichts mehr. Ist mir egal. Es ist meinen Lehrer*innen ja auch egal. Auch der Wechsel auf die Realschule hat nicht wirklich etwas gebracht. Jedes Mal, wenn ich eine Frage stelle, weiß ich, dass die Antwort ein generervtes Augenrollen sein wird. Also frage ich nicht mehr. Und wenn die fragen, bekommen sie ein genervtes Augenrollen von mir zurück. Die halten mich eh für dumm. Sagen sie auch. Beim letzten Elternsprechtag unterhielten sich mein Stiefvater und mein Klassenlehrer eine Dreiviertelstunde darüber, wie dämlich ich bin, während ich dabeisaß. Erst das zweite Halbjahr auf der neuen Schule und schon wieder komplett lost. Ich schlucke die Tränen runter und träume mich weg auf den Aschenplatz, wo ich vor den Problemen fortlaufen kann und wo ich immer die Schnellste bin.

Immer wäre ich lieber auf dem Aschenplatz oder im Wald. Es gibt keinen anderen Ort mehr, an dem ich mich wohlfühle. In der Schule komme ich nicht mehr mit, bei meinen Eltern ist immer dicke Luft, und meinem Stiefvater kann ich sowieso nichts recht machen. Wenn ich in die Stadt gehe, starren mich die Passanten an, als wäre ich eine außerirdische Lebensform. Vielleicht weil ich Schwarz bin, vielleicht auch, weil ich Schwarz bin und zu allem Überfluss noch eine Außenbügelzahnspange tragen muss. Ich hasse Menschen.

Beim Laufen ist es anders, da falle ich nicht auf. Beim Laufen fällt nur auf, wie verdammt schnell ich bin. Manchmal bin ich neidisch auf die Sprinter*innen, weil ich deren Training im Vergleich lächerlich leicht finde. «Die machen mehr Pausen, als sie laufen», sage ich manchmal zu meinem Trainingspartner. Der alte Aschenplatz ist mein liebster Trainingsort. Die Tartanbahnen, ob draußen oder in der Halle, sind nicht so herausfordernd, finde ich. Hier machen die Spikes auch ein viel satteres Geräusch, wenn sie sich in den Boden schlagen. Die Tartanbahn schluckt dieses Geräusch. Man hört dann nicht, wie hart die Beine und Füße arbeiten müssen. Beim Start wirbelt der rote Staub so schön auf, und wenn ich, wie es öfter im Gerangel um die Platzierung passiert, mich auf die Fresse lege, dann bin ich wenigstens von oben bis unten eingesaut, und das sieht schön dramatisch aus. Das sieht es für Außenstehende bestimmt auch, wenn sie beobachten, wie die ausgewachsenen Männer am Start ihre Ellbogen ausfahren, um mich abzudrängen. Das ist nicht schlimm, das gehört dazu, und so habe ich von Anfang an gelernt, mich am Start durchzusetzen. Egal wie groß und durchtrainiert meine Wettkampfgegner*innen sind, mich können sie damit nicht beeindrucken! Und die Kraft, die ich aus dem Laufen ziehe, hilft mir dabei, alles andere, was scheiße läuft, durchzustehen.

In der Pubertät sind einem viele Dinge peinlich, man selbst ist sich peinlich. Aber ich fühlte noch etwas anderes. Ich konnte mir nicht entkommen, nicht dem entkommen, was ich war. Schreibwaren für meine Mutter besorgen bedeutete, dass im Eingang vom Hertie das nervige Gebläse meinen Afro noch mehr aufpustete. Ich konnte verzweifelt versuchen, meine Haare zusammenzuhalten, aber es war ein Kampf. Stand ich vor den Regalen, um Heftklammern und Briefumschläge zu suchen, beobachtete mich unverhohlen der Kaufhausdetektiv. Ich habe in meinem ganzen Leben nie geklaut und würde auch gar nicht auf den Gedanken kommen. Aber weil er mich beobachtete, fühlte ich mich schlecht und ertappt, obwohl ich gar nichts gemacht hatte. Manchmal verfolgte mich der Detektiv bis zur Kasse, um wirklich absolut sicher zu sein. Und wenn er gekonnt hätte, hätte er mich wahrscheinlich noch aus dem Laden begleitet. Ich fühlte mich dann nicht nur grundlos ertappt, ich fühlte mich auch unfassbar schutzlos.

32

VIELLEICHT FING DIE GANZE SCHEISSE mit ihm an, meiner ersten großen Liebe. Aber nein, er war bloß das nächste Unglück. Das Gefühl, richtig zu sein, wie ich war, ist mir schon als Kind abhandengekommen. Als Teenagerin richtete ich mich nur darin ein, falsch im Leben zu sein. Ich konnte mir nicht mehr vorstellen, wie es anders sein konnte. Erst als Hip-Hop kam, ich andere sah, die aussahen wie ich und die auch noch Erfolg trotz ihrer Hautfarbe hatten, fühlte ich mich nicht mehr ganz alleine. Hin und wieder begegneten mir jetzt auf Partys auch andere Schwarze. Die meisten von ihnen wirkten selbstbewusst auf mich, und ich wollte so sein wie sie.

Jetzt anders wahrgenommen zu werden tat mir gut. Wenn ich mit meinen Freund*innen im Club zu 2Pac und Biggie abging, spürte ich die anerkennenden Blicke der Jungs auf mir ruhen. Und ich spürte auch seinen stechenden Blick immer wieder in meinem Rücken. Eigentlich war ich zu erschöpft vom Training, um hier heute noch die Nacht durchzumachen, aber gerade habe ich einfach Spaß und will, dass das nicht endet.

Normalerweise war ich nachmittags beim Training. Ich fuhr meistens vier, manchmal sechs Tage in der Woche mit dem Zug zwei Stunden zum Training und wieder zurück. Meine Freundin trainierte auch im Leistungszentrum.

Wir waren beide von unserem kleinen Duisburger Verein hierhin gewechselt, weil wir zu gut geworden waren und unsere Trainer*innen uns dazu drängten. Sie hatten weder die Zeit noch das Know-how, um uns auf dem Niveau, das wir erreicht hatten, zu trainieren. Gemeinsam versuchten wir Hausaufgaben im Zug zu machen. Rannten die Bahngleise mit Schultasche und Sporttasche entlang, um die Anschlusszüge nicht zu verpassen. Gemeinsam fuhren wir durch die Großstadt, und gemeinsam atmeten wir erleichtert auf, wenn Neonazis, ohne uns behelligt zu haben, wieder aus unserem Abteil verschwanden.

Sie war nicht halb so talentiert wie ich. Sie war eher der Typ fleißige Kämpferin. Während mir das Laufen leichtfiel, musste sie beim Training immer besonders schwer ackern, um ihre Leistungen abzurufen. Es war unfair, das wusste ich. Dafür fiel es ihr wesentlich leichter, Anschluss im neuen Verein zu finden. Es fiel ihr leichter, in der Schule mitzukommen. Und wenn ihr etwas nicht leichtfiel, erarbeitete sie es sich. Ich nicht. Ich gab einfach auf, wenn ich merkte, dass ich nicht weiterkam. Zumindest in der Schule war das so. Beim Sport nicht. Da wusste ich, was ich erreichen wollte, was ich erreichen konnte. Ich wollte die Weltmeisterschaften laufen. Ich wollte bei Olympia dabei sein, und ich wusste: Das kann ich schaffen!

Niemand außerhalb meines Vereins interessierte sich dafür, was ich da so tagtäglich trieb. Meine Mutter war mittlerweile beruflich so eingespannt, dass sie nicht mehr zu Wettkämpfen mitfahren konnte. Meine Clique hatte am Wochenende Besseres zu tun: skaten, saufen, kiffen – kurz: Party machen. Meine Pläne waren damit nicht wirklich vereinbar. Ich erzählte auch nicht viel von meinen Ambitionen. Was hätte ich sagen sollen? «Am Wochenende habe ich im Cross einen Rekord aufgestellt, der europaweit seinesgleichen sucht!» Wohl kaum! Es wäre zu angeberisch gewesen, und ich hätte mir anhören dürfen, wie sie im Gegenzug von ihren Erfolgen im Breitensport erzählten. «Meine Mannschaft ist Stadtmeister im Handball geworden!» Diese kläglichen Versuche, das mit meiner Leidenschaft für den Hochleistungssport zu vergleichen, nervten einfach nur. Also ließ ich es.

Aber heute bin ich hier, trotz des anstehenden Tagespensums. Drauf geschissen, denke ich und lächle meiner aufgeregten Freundin zu, als ich bemerke, dass der Typ, der mir schon letztes Mal hier im Club aufgefallen war, auf mich zusteuert. Er denkt, mein Lächeln gilt ihm, schießt es mir durch den Kopf, als er anfängt, mich anzutanzen. Ich mag's, wie er tanzt, denke ich. Ich mag sein Lächeln, die schönen Augen, dass er ein Stück größer als ich ist und dass er offensichtlich ebenfalls mag, was er sieht.

Ich stürzte mich Hals über Kopf in diese Beziehung. Mit ihm, dem einen, wie ich damals glaubte. Die erste große Liebe, ein Höhenrausch. Zumindest so lange, bis ich merkte, dass ich abstürzte. Aber dieser Absturz war kein kurzer Fall mit hartem Aufprall. Nein, es war ein Gleitflug, der sich über viele Jahre hinzog, sodass ich mich vom sanften Schaukeln in Sicherheit wiegen ließ.

33

EINIGE MONATE VOR DER GEBURT unseres zweiten Kindes hatten wir ein neues Zuhause gefunden. Wir konnten unser Glück kaum fassen. Das Haus war zwar eine Bruchbude, besaß aber, wenn wir kräftig anpackten, riesiges Potenzial. Und so renovierten wir bis zur Erschöpfung. Anders als bei der Kinderbetreuung brachte er sich dabei voll ein. Doch das Geld war knapp und unsere Kraftreserven noch knapper.

Trotz der Schwangerschaft arbeitete ich unermüdlich mit, transportierte Schutt in Schubkarren, sammelte das Holz der gefällten Bäume im völlig verwilderten Garten auf. Ich wusch mit viel zu großem Bauch Berge von Geschirr vornübergebeugt in der Wanne, da die Küche noch lange nicht stand. Ich sammelte die toten Ratten und Mäuse auf, die überall im Haus in die Fallen geraten waren. Manche fand ich im Bettkasten unserer Schlafcouch, auf der meine Tochter und ich abends gemeinsam saßen. Böden wurden herausgerissen, Wände eingeschlagen und neue eingezogen. Türrahmen und Türen entfernt und neue eingebaut. Die Heizungsanlage erneuert, nachdem wir den Keller entkernt hatten. Und trotz der neuen Heizung froren meine Tochter und ich, denn zum Heizen fehlte das Geld.

Meine Freund*innen und meine Familie schlugen die Hände über ihren Köpfen zusammen, wenn sie auf der Baustelle ankamen. Er schlug mich trotz Schwangerschaft gelegentlich immer noch zusammen. Darüber schwieg ich. Ich konnte es niemandem sagen, aus Angst vor den Konsequenzen. Er hatte mir schon mehrmals gedroht: «Ich bring dich um, wenn du jemandem was sagst, du Stück Scheiße!» Und ich glaubte ihm das. Aber ich glaubte ihm auch, wenn er nicht müde wurde, zu sagen, dass jetzt, da das zweite Kind unterwegs war und wir ein neues Zuhause gefunden hatten, alles besser werden würde. Meine Familie und Freund*innen ahnten schon lange, dass etwas nicht stimmte, und wussten von gelegentlichen Gewaltausbrüchen, konnten sich aber im Traum nicht ausmalen, wie schlimm es wirklich war. Sie sahen, dass ich mir zu viel zumutete. Sie sahen, dass mir als schwangerer Frau und Mutter von bald zwei Kindern viel zu viel aufgehalst wurde.

Aber allem Unverständnis zum Trotz: Wir hatten uns entschieden, dieses Haus, das unser Zuhause werden sollte, aus eigenen Kräften kernzusanieren, also packte ich mit an. Ich tat es, weil es mir wichtig war, unseren Kindern ein schönes Heim zu bieten. Ich tat es, weil ich ihn nicht alleine lassen wollte, auch wenn mir die Ärzt*innen und meine Hebamme davon abrieten. Ich tat es, weil es das war, was eine anständige und fleißige Frau tut. Sie ruht sich nicht auf einer Schwangerschaft aus, sie packt mit an. Sie ist der Kitt, der die Familie zusammenhält. Und sie ist dafür zuständig, dass das neugebaute Nest nicht auseinanderfällt. So hatten es mir meine Oma und meine Mama vorgelebt.

Ich entwickelte einen gewissen Stolz darauf, dass ich so viel schaffte. Doch ihm war es trotzdem nicht genug. Ihm reichte es nie. Er war selbst unermüdlich und schuftete hart. Oft ging er dabei an seine körperlichen, aber auch finanziellen Grenzen. Nichts war ihm zu hochpreisig. Er machte alles möglich. Irgendwie. Manchmal schlief er kaum vor Schmerzen oder dem Gedanken daran, wie er das alles bezahlen sollte. Eine freistehende Badewanne. Eine neue Terrasse, Rollrasen, neue Betten für die Kinder.

Er wollte dieses Kind so wie ich auch, er wollte eine noch größere Familie so wie ich auch, und immer wieder ließ ich mich von seiner Euphorie anstecken.

Doch mit der vielen Arbeit, mit der Erschöpfung, vielleicht auch mit dem wachsenden Bauch erwachte wieder das Untier in ihm. Ich war unattraktiv für ihn geworden. Egal, wie sehr ich mich bemühte, egal, wie ich es anstellte, es reichte nicht. Ich schaffte es nicht neben der Arbeit, meine Haare zu glätten, Maniküre und Pediküre machen zu lassen oder mich aufwendig zu schminken. Das missfiel ihm sehr. Ich missfiel ihm sehr. Und mit der Zeit schwand mein Stolz auf mich, mein Stolz auf meine Kraft, meine Arbeit, und auch ich gefiel mir selbst nicht mehr. Denn mir gelang es nicht, die Familie zusammenzuhalten, mir gelang es nicht, ihn zufriedenzustellen, wie es sich für eine anständige Frau gehört. Das Unheil drängte sich auf wie ein abgelehnter Verehrer, der zum Stalker wird.

34

ICH BEKAM SCHLECHT LUFT. Das ist okay, sagte ich mir. Es ist okay, nach fünfzehn Kilometern nicht mehr zu können. Meine Laktatwerte waren absolut unterirdisch. Meine Muskeln viel zu früh übersäuert. Jeder Schritt schmerzte. Nicht das übliche Ziehen, das sich nach einigen Kilometern oder nach 800 Metern auf höchstem Laufniveau einstellt. Nein, dieser Schmerz war anders und neu.

Jedes Mal, wenn ich auftrat, begann mein ganzer Körper zu brennen, von oben bis unten, von den Füßen bis zu den Haarwurzeln. Ich musste das Tempo verringern. Ich versuchte den Schmerz in den Griff zu bekommen. Alle anderen, mit denen ich jetzt in diesem abgefuckten Verein war, überholten mich leichtfüßig, obwohl sie eigentlich allesamt schlechter waren als ich. Der Wechsel aus meinem Provinzverein ins Leistungszentrum war eine komplette Scheißidee.

Klar, die Trainer*innen hatten mich gedrängt, mir versprochen, dass es richtig gut werden würde und das der nächste richtige Schritt sei, aber goddammit, da abzuschmieren wäre mir definitiv lieber gewesen. Doch alle hatten auf mich eingeredet. Ich hatte mir all diese großen Vereine angeschaut und mich am Ende für den hier entschieden, dann musste ich das jetzt auch durchziehen. Bloß nicht die Diva raushängen lassen. Außerdem, meine Strecken konnte eh kaum jemand ausreichend anbieten, und im Osten wollte ich keinesfalls trainieren. Das Einzige, was ich da safe trainieren würde, wäre, wie man vor Skinheads wegläuft. Nein danke! Da reichten mir die Glatzen hier schon.

Selbst die fiese Bitch, die mir letztens am Start noch ein Bein gestellt hat, damit sie mich überholen konnte, schaffte es jetzt, ohne mich anzurempeln.

Lange Zeit wollte ich es nicht wahrhaben. Ich überhörte die Warnsignale meines Körpers. Ich geriet immer schneller an meine Grenzen. Erst körperlich und irgendwann auch seelisch. Der einzige Halt, den ich im Leben hatte, wurde mir genommen. Ich selbst, mein Körper nahm ihn mir. Mein instabiles Selbstbewusstsein wurde zerstört. Ich hatte gerade meine erste Operation am Unterleib hinter mich gebracht. Ich ahnte nicht, dass der Schmerz mein ständiger, sehr penetranter Begleiter sein würde. Außerdem machten mir die plötzlichen Lähmungserscheinungen zu schaffen, für die ich erst sehr viele Jahre später eine Erklärung erhalten sollte. Ich war eine Teenagerin und hatte bereits das Gefühl, reif für meinen Lebensabend im Schaukelstuhl mit magerer Rente zu sein.

Trotz der Schmerzen, die mich echt verzweifeln ließen, musste ich ein bisschen darüber lächeln, dass diese erwachsenen Frauen es wirklich nötig hatten, mich mit allen Mitteln kleinzuhalten. Selbstverständlich alle aus bestem Hause. Und während ich jeden Tag nach der Schule erst mit dem Zug, dann mit S- und Straßenbahn hier hinfuhr, wurden sie schön vom Mannschaftsbus an ihrem Ausbildungsplatz oder der Uni abgeholt. Sie alle waren von klein auf im Leistungszentrum. Sie alle waren es gewohnt, die besten

Voraussetzungen geboten zu bekommen, um die besten Leistungen erbringen zu können. Und es passte ihnen überhaupt nicht, dass ich, das Mädchen aus dem Brennpunkt, besser war als sie.

Bis der verfickte Schmerz alles zerstörte. Mich zerstörte. Und schon in diesem Moment, als ich den Schritt verlangsamte, meinen Lauf austrudeln ließ, aufgab, wusste ich, ich würde nie wieder laufen.

Ich war sechzehn Jahre, und ich war mir sicher, ich würde nie wieder etwas finden, das mich so glücklich macht. Nie wieder etwas haben, in dem ich so gut bin. Nie wieder etwas machen, das mir so leichtfällt und mir so viel gibt! Das dachte ich wirklich in diesem einen Moment, als mein Leben erstmals zerbrach.

Bezog ich bis jetzt eine innere Kraft daraus, wenigstens in dieser einen Sache richtig gut zu sein, musste ich fortan damit klarkommen, dass für meinen Körper dieser Weg versperrt sein würde.

Mein Stiefvater hatte mir viele Jahre eingeredet, ich sei ein böser Mensch und würde irgendwann vom lieben Gott dafür bestraft werden. Und ich glaubte, dass ich ein schlechter Mensch war und schlechten Menschen nun mal auch Schlechtes widerfährt. Nachdem endgültig klar war, dass ich wegen meiner Krankheit meine Laufkarriere an den Nagel hängen musste, versuchte ich mich komplett zu vergessen. Ich stürzte mich in die Beziehung mit meiner ersten großen Liebe und ließ mich von ihm mitreißen: Ich begann zu trinken, zu feiern. Ich experimentierte mit Drogen. So wie andere Jugendliche auch. Nur dass ich das eigentlich alles gar nicht wollte und es aus gesundheitlichen

Gründen auch nicht gedurft hätte. Ich schmierte regelmäßig ab. Mein Puls sank gefährlich oder stieg derart an, dass ein Infarkt nicht überraschend gewesen wäre.

35

SCHON ALS JUNGES MÄDCHEN musste ich öfter operiert werden. Damals wie heute hält sich meine Angst davor in Grenzen. Was sein muss, muss eben sein. Es hilft nicht, zu jammern oder sich vor Angst in die Hosen zu scheißen. Augen zu und durch.

Der Eingriff hatte es in sich.

Aber anschließend geht es mir gut. So gut, wie es jemand eben gehen kann, wenn er die letzten Tage und Nächte auf der Intensivstation verbracht hat. Die meiste Zeit habe ich geschlafen. Nicht mal die Schmerzen, die trotz des Morphiums unterschwellig auf Beachtung pochten, konnten mich wirklich wach halten.

Ich kann zwar noch nicht ohne Hilfe stehen, eigentlich kann ich nichts ohne Hilfe, und bin noch so vollgedröhnt, dass ich nicht genau weiß, ob das hier ein Traum oder Realität ist, aber hey, es geht mir gut. Ich darf leben. Dementsprechend bin ich gut gelaunt, als die diensthabende Schwester mich endlich abholt, damit ich auf die Normalstation wechseln kann. Meine ausgelassene Fröhlichkeit sieht dank des Morphins wahrscheinlich latent debil aus, aber mein Grinsen scheint nicht ansteckend zu sein. Zumindest die Schwester wirkt eher ziemlich angepisst.

Ich merke schnell, dass diese Dame keinen Bock auf mich hat. Auf dem Zimmer angekommen, bitte ich sie, mir auf den Toilettenstuhl zu helfen. Ich habe seit Tagen das Bett nicht verlassen und traue es mir schlicht nicht zu, das alleine zu bewältigen. Die Vorstellung, jetzt in Ohnmacht zu fallen, finde ich maximal ungeil, und bei meinem Glück würde ich mir zu allem Überfluss dabei die Drainagen aus beiden Lungenflügeln ziehen.

Ich bitte grundsätzlich nicht gerne um Hilfe, aber jetzt gerade weiß ich einfach nicht, wie ich mich sonst erleichtern soll. Und da der Blasenkatheter bereits gezogen wurde, muss ich wohl oder übel irgendwie auf den Toilettenstuhl oder eben die Bettpfanne gehievt werden. Da sie meine Bitte offenbar überhört hat und es langsam dringlich wird, wiederhole ich die Frage, ob sie mir bitte freundlicherweise auf den Toilettenstuhl helfen kann.

Die kleine untersetzte Schwester erklärt mir trocken: «Ich fasse schwarze Menschen nicht gerne an, deshalb würde ich Sie bitten, das doch selbständig zu machen. Ich schiebe Ihnen den Wagen ans Bett, und Sie machen das schön alleine.»

36

ICH KNIE AUF DEN kalten Steinplatten. Mein Rücken schmerzt, mein Unterleib zerreißt mit kreischendem Schmerz meine japsenden Atemstöße. Mit einer Handbürste und einem Spachtel bearbeite ich die Fliesen und versuche, sie von Farbflecken zu befreien. Wenn ich aufstehe, wird mir schwarz vor Augen. Ich hätte essen sollen, auch um die Vormilch besser am Laufen zu halten. Dafür ist keine Zeit, sagt er. Das Geld ist knapp, das bedeutet auch, dass wir jetzt umziehen müssen und nicht wie eigentlich geplant erst in acht Wochen. Die doppelte Miete lässt sich nicht mehr stemmen. Ein Glück, dass unser alter Vermieter Mitleid mit uns hat – na ja, um ehrlich zu sein, mit mir – und uns vorzeitig aus dem alten Haus lässt.

Seine Eltern, insbesondere seinen Vater würde er nie um finanzielle Unterstützung bitten. Das käme einem Eingeständnis gleich und würde seinen Vater darin bestätigen, was er seinem Sohn und dessen Lebensstil häufig predigte: «Junge, du musst was Vernünftiges arbeiten. Jetzt ist er selbst Vater und glaubt immer noch, mit den Flausen anständiges Geld zu verdienen!»

Mein Neugeborenes liegt bereits seit Stunden in seinem Kinderwagen, ich kann es lediglich zum Stillen in meine Arme schließen. Wenn sich der Hunger meldet, ziehe ich mich in eine Ecke des Hauses zurück und setze mich auf leere Getränkekästen. Schon diese kurzen Pausen reichen aus, um einen missbilligenden Blick zu ernten. Die Plastikkästen sind hart und unbequem, und alles schmerzt mehr als ohnehin schon. Die Flockwindel und das Netzhöschen trage ich bereits seit so vielen Stunden, dass das Blut angetrocknet ist und meine Vaginalwunden verklebt.

Ich schwitze und stinke. Im Vorbeigehen macht er mich lautstark darauf aufmerksam, vor seinen Freunden, die beim Umzug helfen. Meine Freund*innen und Familie dürfen nicht helfen. Er will es nicht. Er behauptet, er will sie nicht belasten, aber in Wirklichkeit geht es ihm darum, dass niemand, der mir nahesteht, wissen soll, wie schlecht es mir und den Kindern mit ihm und in dieser Situation geht.

Sie starren mich an. In ihren Augen sehe ich Mitleid aufblitzen. Ich mag die Jungs eigentlich. Ich kann nicht von ihnen erwarten, dass sie sich einmischen, aber ich wünschte, sie täten es doch. Zumindest mal so was wie «Hey, sie hat gerade ein Kind zur Welt gebracht, bleib mal cool» würde mir schon guttun! Und weil sie nichts sagen, sich nicht trauen, denn das würde auch für sie nicht gut enden, einigen wir uns stumm darauf, beschämt wegzugucken. Sie, weil sie nichts tun, um mir zu helfen. Ich, weil ich nichts tue, um mir selbst zu helfen.

Um deutlich zu machen, dass er für meine Erschöpfung weder Zeit noch Verständnis hat, drückt er mir einen Umzugskarton in die Arme. Als ich taumle, weil mir der Karton zu schwer ist, kann er nicht mehr an sich halten und brüllt mich an. Sein verzerrtes Gesicht verrät mir, dass er sich gleich verwandeln wird. In das Untier, das in ihm schlummert. Das Monster, das mir Angst macht. Und ich weiß, einmal werde ich sterben, wenn er es will. Ich habe keine Kraft, mich zu wehren. Wer kümmert sich dann um das Baby? Wer wird es stillen, lieben, hegen und pflegen? Wer kümmert sich um unsere Tochter? Ich muss gehorchen. Ich muss funktionieren. Die Kartons schneiden in die Haut meiner blutleeren, alten Hände. Wenn ich tue, was er sagt, werde ich diesen Tag vielleicht überleben.

Unsere Tochter ist bei meinen Eltern, und das beruhigt mich. Sie ist vorerst in Sicherheit, denke ich. Und so trage ich Karton um Karton, Möbelstück um Möbelstück, bis die Nacht hereinbricht. Und sie bricht laut herein. Der Lärm des Donners, die grellen Blitze zerreißen die gespannte Luft. Und mit ihr reißt auch sein Geduldsfaden. Mit meinem Baby auf dem Arm fühle ich mich den Naturgewalten ausgesetzt: dem Unwetter und ihm. Die Regentropfen mischen sich mit meinen Tränen, sie durchnässen meine Kleidung. Diese Untergangsszenerie ist unwahrscheinlich, surreal.

Ich schnappe mir das Baby, gehe zum Auto, und als er es mitbekommt, schreit er auf mich ein, übertönt den krachenden Donner. Als er mit geballten Fäusten einen Schritt auf mich und das Bündel zugeht, weiche ich panisch zurück und stoße mit dem Rücken an die Tür des Autos. Ich drehe mich um und versuche mit zittriger Hand, den Wagen zu öffnen. Er reißt mich zurück und fragt: «Wo willst du hin?»

Ich sage ihm möglichst ruhig, dass ich mit dem Baby zu meinen Eltern müsse, weil unser Bett noch nicht aufgebaut sei und ich Sorge habe, dass der Sturm es zu einem späteren Zeitpunkt unmöglich mache, dort heil anzukommen. Er fängt an zu lachen, hämisch, nein, hysterisch. Ich versuche mich weiter zu erklären, um seine Rage abzuwenden, und sage ihm, dass ich erst vor wenigen Tagen entbunden habe, den Umzug mitgemacht habe und jetzt einfach nicht mehr könne. Sein Lachen verzerrt sich zu einer Grimasse, die mich an Jack Nicholsons berühmte Szene in *The Shining* erinnert. Er bleckt seine kleinen Zähne. Seine faltigen Lippen sind nur noch ein dünner Strich in seinem feisten Gesicht. Er dreht sich mit ausladender Geste zu seinem Publikum um, seinen Freunden, und beginnt laut und heftig in die Hände zu klatschen. Nach Aufforderung tun sie es ihm nach. Ihrem Leitwolf.

Sie schauen zu ihm auf, dem Vorbild so vieler nachwachsender Rapper und Breaker. Für sie ist er ein Held. Sie alle hören Tracks von Typen, die ganz ungeniert verachtend über «Bitches» und «Hoes» rappen: «Die Bitch muss bügeln, muss sein. Wenn nicht, gibt's Prügel, muss sein» oder «Es ist Kampfgeschrei, was nachts aus unserem Schlafzimmer dringt, weil dank mir in deinem Gleitgel ein paar Glassplitter sind». Warum zur Hölle sollten also Typen, die andere Typen feiern, die solche Texte schreiben, hier einschreiten und mir helfen. Seine Freunde, mit denen ich zwar klarkomme, kommen mit ihrem eigenen Leben nicht klar. Keiner von ihnen ist wirklich erwachsen. Also steht diese Gruppe ausgewachsener Jungs vor mir, der Frau im Regen mit dem frischgeborenen Kind auf dem Arm, und beobachtet gespannt meinen Untergang.

Er spuckt auf den Boden und sagt: «Hier hast du deinen Applaus. Das wolltest du doch. Applaus dafür, dass du es geschafft hast, die Beine breitzumachen und ein Kind rauszupressen! Und jetzt verpiss dich, bevor ich mich vergesse!» Ich drehe mich wortlos um, öffne die Autotür, lege das Baby in die Autoschale und fahre los. Ich fahre über Landstraßen und durch einen Wald. Um mich herum schlagen Blitze ein, es sind einige Bäume umgestürzt, vor Regen und Tränen kann ich in der Dunkelheit kaum etwas sehen – und dennoch werde ich das Gefühl nicht los, dass mein Kind und ich, hier und jetzt, im fiesesten Unwetter, sicherer sind als bei ihm. Nichts macht mir mehr Angst als seine Unberechenbarkeit.

Am Ende all meiner Gedanken steht immer der Tod. Was ist, wenn ich nach einem Schlag von ihm unglücklich falle, mir den Schädel aufschlage, das Genick breche oder mein eh viel zu empfindliches Herz seinen Dienst quittiert und sich weigert weiterzuschlagen, während er nicht aufhören kann, auf mich einzuprügeln? Und wären dann nach mir die Kinder dran? Vielleicht aus der Panik heraus, einen Totschlag begangen zu haben. Enden wir wie diese Familien, von denen man manchmal in den Nachrichten hört? Ich zwinge mich, nicht darüber nachzudenken, mich auf die Straße und das, was vor mir liegt, zu konzentrieren.

Vor mir kracht ein gewaltiger Ast auf die Fahrbahn, und ich denke: Wenn ich jetzt einfach weiter geradeaus fahre, stur darauf zu, dann kann er mir und dem Baby nie wieder etwas anhaben. Aber ich denke auch an meine Tochter, und nie könnte ich zulassen, dass sie mit ihm alleine wäre. Und der Gedanke an meine Kinder lässt wieder ein kleines warmes Gefühl in mir aufsteigen, eine innere Umarmung. Und natürlich weiche ich dem Ast aus.

Ich glaubte nicht daran, dass ich es jemals packen würde. Über dreißig Jahre alt, ohne abgeschlossene Berufsausbildung, mit der alleinigen Verantwortung für zwei Kinder, von denen gefühlt immer eines krank war. Aber die Angst davor, diesen kleinen Menschen nicht gerecht zu werden, schwebte über allem.

Es gibt keine Regeln, wie man es schafft, mit dieser Sorge umzugehen. Es veränderte mich nachhaltig, von dem Moment an, als ich die kleinen Würmchen zum ersten Mal in meinen Armen hielt. Ich wusste, ich würde alles für sie geben – und noch mehr.

Als ich noch an der schweren Angst- und Panikstörung litt, gab es nur einen Weg für mich, damit einigermaßen angemessen umzugehen: Ich machte mich darüber lustig. Ich lachte über die psychische Störung. Ich lachte über mich, die Gestörte! Die Erkrankung hatte mich vollkommen im Griff, und alle vorangegangenen Versuche, mit ihr umzugehen, scheiterten grandios. Rein intellektuell war mir vollkommen klar, dass die Dauererregung absolut irrational war. Also beschloss ich, meinen Ängsten in ihre hässliche Fratze zu lachen. Es machte die Ausbrüche nicht weniger schlimm, aber besser erträglich.

Dieser Pragmatismus ließ mich überleben. Mit der Geburt meiner Tochter lernte ich zu kämpfen. Sie war ein Frühchen, und egal, wie viel Ergotherapie sie machen musste, egal, wie sehr sie sich ihren Weg in die Normalität erkämpfen musste, es war mir immer gelungen, sie zum Lächeln zu bringen. Dieses Lächeln, ihre Freude am Leben, ihr Humor, ihr kleines Geschwisterchen und zu guter Letzt auch mein eigener Humor ließen mich immer wieder Mut fassen. Und wenn meine Tochter es geschafft hatte, zu kämpfen und ihr Lächeln dabei nicht zu verlieren, dann war es meine verdammte Aufgabe als ihre Mutter, es ebenfalls zu packen.

37

ER IST SO SCHÖN. Ich bin so hässlich. Ich bin die Teenagerin, die selbst Steve Urkel peinlich wäre. Gut, meine Außenbügelzahnspange trage ich zwar nicht mehr, aber einen großen Unterschied macht das auch nicht. Ich kann gar nicht verstehen, dass er mit mir zusammen ist. Ich schäme mich für ihn, mit mir Hand in Hand gesehen zu werden, und so laufe ich lieber ein paar Schritte hinter ihm. Ich sehe die Blicke, die Mädchen, Frauen, Jungs und Männer ihm hinterherwerfen. Und mich schmerzt der Gedanke, zu wissen, dass all die ihn mehr verdient haben. Er ist vielleicht nicht besonders klug, aber er hat so wunderschöne Augen.

Er steht auf Schwarze, das hat er mir gleich zu Beginn erzählt. Seine erste große Liebe war ebenfalls Schwarz gewesen. Von ihr erzählte er mir oft. Sie kam aus Eritrea. «Da kommen die schönsten Frauen her!», findet er. Ich komme nicht aus Eritrea, deshalb ist meine Nase nicht «so schön schmal» und meine Stirn nicht «so majestätisch lang». Er hat recht. Ich komme aus Duisburg. Meine Mama ist Kroatin, und mein Vater kam aus dem Senegal. «Die aus Westafrika haben nicht so einen schönen ‹Teint› und so anmutige Gesichtszüge», ordnet er für mich ein, wenn wir darüber reden. Und er erklärt mir, wie ich meine Haare besser trage, denn: «So hat sie's auch gemacht. Sah extrem gut aus, aber deine Haare sind viel schwerer zu bändigen. Hast du schon mal überlegt, die zu glätten?» Er streichelt mir über den frischgeschnittenen Afro. Ich mag's, wenn er das tut. Er nennt mich dann liebevoll sein «kleines Äffchen».

Damals ist es mir egal, denn ich stehe auf ihn. Ich habe auch einfach kein Repertoire an Kritik, ich fühle mich schlecht, ich gebe auch mal Widerworte, aber mir fehlen schlüssige Argumente. Er sagt, er meint das doch als Kompliment, und ich weiß nichts zu erwidern. Auch die Verletzungen beim Sex nehme ich in Kauf. Ich habe eben noch nicht so viel Erfahrung und rede mir ein, das wird schon alles seine Richtigkeit haben. Ich will mich nicht anstellen. «Du bist so schön eng», stöhnt er jedes Mal. Ich will ihm gefallen, und ich will, dass er mich auch weiterhin will. Und nur deshalb, glaube ich, will er mich immerzu ficken, und für mich fühlt sich das an wie der größte Liebesbeweis. Und wenn er will, mache ich mit, das ist in meinem Teenagerin-Kopf selbstverständlich.

Ob es mir dabei gutgeht? Wahrscheinlich nicht. Aber schlechter würde es mir gehen, würde er eine andere ficken. Er weiß genau, wie gut er aussieht. Und er weiß auch, dass ich nicht so gut aussehe. Wir sind ein ungleiches Paar. Er, der schöne, muskulöse, dennoch zerbrechlich wirkende Skater. Ich, viel zu dünn, ohne Titten, dafür mit Pickeln in der Größe eines passablen A-Körbchens. Er mit diesen dunklen Augen zu hellem, vollem Haar und perfekt gepflegtem Vollbart. Ich, so sagt er, mit schlammfarbenen Augen, schlammfarbener Haut und der Ausstrahlung einer Schlammpfütze. Ich glaube, er meint das wirklich als Kompliment.

Anfangs waren wir glücklich, konnten kaum die Finger voneinander lassen und umkreisten einander wie Motten das Licht. Auch seinetwegen ging ich kaum noch zur Schule, meistens verschliefen wir, weil wir die Nacht durchgemacht hatten. Zu viel gekifft, gesoffen, gefickt. Das war das, was wir am liebsten taten. Und es fühlte sich gut an. Besser, als den Abschluss zu machen.

Und Autorität ging mir nur noch auf den Sack. Ich konnte Erwachsene nicht ernst nehmen. Wie hätte ich auch? Die Erwachsenen, die eigentlich meine Vorbilder hätten sein sollen, meine Eltern, waren komplett am Arsch. Meine Mama tat mir leid, aber insgeheim war ich wütend auf sie, weil sie diesen Wichser von Stiefvater in unser Leben geholt hatte. Außerdem waren sie genug damit beschäftigt, sich um meinen kleinen Bruder zu sorgen, der komplett abkackte. Machte keinen Sinn, mich da auch noch aufzuspielen oder mit ihnen auseinanderzusetzen. Die Loser!

Hin und wieder quälte uns das schlechte Gewissen. Das fickten wir uns dann gegenseitig weg, und gut war. Die Entscheidung, mit mir zusammen zu sein, war ihm nicht leichtgefallen, das wusste ich. Manchmal überlegte er auch laut, ob seine Entscheidung, mich ganz offiziell zu bumsen, die richtige war. Er hatte immer auch etwas mit anderen. Ich konnte trotzdem nicht anders, als ihm weiter hinterherzulaufen.

Eines Nachts wachte ich inmitten von Scherben des Glastisches meiner Mama und ihres neuen Mannes auf. Ich hatte gekotzt und beinahe einen Herzstillstand provoziert, und die beiden hatten alle Hände voll zu tun, meinen Kreislauf zu stabilisieren. Nicht mal richtig rebellieren gelang mir.

Danach kam die Panik. Ein Jahr lang habe ich das Haus kaum verlassen, bin nur zwischen der Wohnung meines

Freundes und der meiner Mutter gependelt. Ich konnte nichts essen, nichts trinken, das nicht jemand vorgekostet hatte, dem ich vertraute. Ich konnte kein Klopapier anfassen. Keine Lappen. Keine Flüssigkeiten. Keine Stoffe. Keine Pflanzen. Keine Zahnpasta. Keine Türgriffe. Um es kurz zu machen: Ich konnte nichts mehr, ohne Angst zu haben, vergiftet zu werden.

Ich saß da, als junge Frau, und wartete auf meine Bestrafung. Keine Nacht verging ohne einen Nervenzusammenbruch und den festen Glauben daran, dass all das geschah, weil ich es verdient hatte.

Wir trennten uns nach ein paar Jahren. Wir waren an einem Punkt angelangt, an dem wir merkten, dass wir einfach nicht gut füreinander waren. Er war antriebslos und phlegmatisch, ich war antriebslos, phlegmatisch, psychisch und physisch am Ende.

Und auch wenn es die absolut richtige Entscheidung war, gab es für mich nichts Schlimmeres als diese Trennung. Ich ergab mich komplett dem Selbstmitleid und Liebeskummer. Das hier kam mir wie die Hölle vor. Ich ahnte noch nicht, dass der Teufel ein anderer sein würde.

38

ICH SITZE AUF DER MATRATZE, die auf dem dreckigen Teppich liegt. Habe es nicht geschafft zu saugen. Ich weiß nicht, wie viel Zeit und Kraft es mich gekostet hat, mich aufzusetzen. Mein ganzer Körper zittert. Schweiß steht auf meiner Stirn. Zwischen den schweren Brüsten. Schweiß, der den Babybauch runter auf meine dicken Oberschenkel tropft. Und dennoch friere ich. Ich friere, wie ich noch nie gefroren habe. Nicht mal, als ich bei einem Straßenlauf bei Minustemperaturen so unterkühlt ins Ziel einlief, dass ich medizinisch versorgt werden musste, fror ich mehr.

Mein Herz rast, und ich kann nicht genau sagen, ob es das Fieber ist oder die Sorge um das Baby in meinem Bauch. Es ist meine erste Schwangerschaft, ich habe keine Ahnung, was es mit meinem Körper anstellt.

Er ist im Zimmer nebenan. Als ich noch aufstehen konnte, habe ich ihn gebeten, mich ins Krankenhaus zu fahren. Er sagte, ich solle mich zusammenreißen. Also reiße ich mich zusammen. Selbst wenn ich noch aufstehen könnte, ich würde es niemals aus der Souterrainwohnung hoch und raus auf die Straße schaffen. Ich traue mir das nicht zu. Draußen schneit es, und ich habe keine Winterkleidung, in die ich noch reinpasse. Und wie soll ich die zwei Kilometer zum Krankenhaus kommen? Keine Chance. Also bleibe ich hier sitzen.

Sobald ich versuche mich von der Matratze zu erheben, wird mir schwindelig. Ich weiß, das ist der Sauerstoffmangel. Ich habe eine Lungenentzündung. Das weiß ich so genau, weil ich sie seit Jahren regelmäßig jeden Winter bekomme. Sonst behandelt mich meine Ärztin mit einem Antibiotikum. Als Schwangere nicht möglich, soweit ich weiß. Ich bin mir aber nicht sicher, weil ich die Ärztin nicht fragen kann. Mein Handyguthaben ist aufgebraucht, und er weigert sich, das Guthaben aufzuladen. Er war sowieso bis vorgestern noch unterwegs.

Die Heizung ist gerade kaputt, und so versuche ich mich mit dem Fön aufzuwärmen. Er hat gesagt, dass ich ihn nicht zu oft benutzen soll, weil das zu teuer sei, aber gerade kann ich nicht anders, als ihn auf niedrigster Stufe laufen zu lassen. Von nebenan wummern die Bässe in meine Ohren. Oder bilde ich mir das ein, und es sind die Kopfschmerzen? Spielt ja auch keine Rolle. Die Tür geht auf, und er ermahnt mich, die Stromkosten nicht in die Höhe zu treiben.

Ich stelle den Föhn ab. Er nennt mich dumme Schlampe, bevor er die Tür zuknallt. Das letzte Mal, als ich meine Temperatur gemessen habe, zeigte das Thermometer 40 Grad an. Ungefähr zu dem Zeitpunkt hat sich das Baby in meinem Bauch zum letzten Mal bemerkbar gemacht. Sollte mein Kind das nicht überleben, will ich es auch nicht, denke ich, während heiße Tränen meine noch heißeren Wangen herunterlaufen. Zitternd krümme ich mich auf der Matratze zusammen.

So ging es einige Tage. Ich schlief die meiste Zeit, und wenn ich wach wurde, dann nur um mich aufs Klo zu schleppen oder einen Schluck Leitungswasser zu trinken. Nur langsam ging es mir Tag für Tag ein bisschen besser, und sobald ich wieder halbwegs auf den Beinen stehen konnte, schleppte ich mich zum Supermarkt gegenüber und kaufte mir von dem wenigen Geld, das ich zur Seite gelegt hatte, eine Prepaidkarte und rief meine Mama an, damit sie mich abholte.

Mit nicht viel mehr als den Sachen, die ich am Körper trug, und einer Tasche mit Büchern zog ich in einer Nacht-und-Nebel-Aktion bei ihm aus. Ich wünsche mir so sehr, dass ich damals den Absprung geschafft hätte, dass ich eine eigene Wohnung gefunden hätte, eine kleine Zweizimmerwohnung. Eine süße kleine Altbauwohnung oder auch Neubau, ganz egal. Vielleicht in der Nähe von Freunden, umgeben von vielen tollen Menschen. Wir hätten füreinander kochen können, gemeinsam einkaufen, uns helfen.

Aber ich hatte keine Zeit. Nur ein paar Tage nachdem ich bei meiner Mutter war, begannen die Wehen, viel zu früh, ich war gerade in der 30. Schwangerschaftswoche. Ich informierte ihn. Warum bloß. Ich ließ zu, dass er bei der Geburt anwesend war, ich dachte, es ist ja auch sein Kind. Es war ein Fehler, vielleicht mein größter. Er war fahrig und aggressiv und wurde prompt von der Hebamme rausgeschmissen. Wären meine Familie und Freundinnen nicht in dem Moment da gewesen, weiß ich nicht, ob ich diese Situation so gut verkraftet hätte. Aber sie waren da. Mit Freudentränen in den Augen. Mit kleinen Geschenken für das Baby und mich. Voller Stolz auf dieses kleine Wunder und darüber, dass ich trotz der Sorge um mein schwaches Herz die zehn Stunden der Geburt gut überstanden hatte.

Voller Bewunderung, dass ich, ohne großartig darüber nachzudenken, mein Kind angelegt und gestillt hatte. Voller Überraschung, wie leicht mir all das fiel. Wie sehr ich vom ersten Moment an Mutter gewesen war.

Für ihn war klar, dass ich mit dem Baby wieder zu ihm zog. Er erzählte von einem Reihenhaus, das er für uns gefunden hatte, in das wir gemeinsam ziehen könnten. Und ich stand so sehr neben mir, hatte einen Glücksrausch, war gleichzeitig unendlich müde und unendlich besorgt, dass ich in mir gar keine Wahl fand. Das Baby war viele Wochen im Brutkasten, aber es kämpfte so sehr. Und ich mit ihm mit.

Das Baby war ein Schreibaby und schaffte es, bis zu vierzehn Stunden durchzubrüllen – mit kurzen Unterbrechungen, um die kleinen Lungen mit Luft zu füllen. Ich war erschöpft, aber trotz der schwierigen Situation, des Schlafmangels war ich sehr glücklich und zufrieden, und alles Vergangene war vergangen.

39

ERST JAHRE NACH dem abrupten Ende meiner Laufkarriere und dem kompletten Absturz, der darauf folgte, kam heraus, was mit meinem Körper nicht stimmte. Es waren Jahre des Suchens und Zweifelns. Jahre der Entbehrung und Erschöpfung. Die Ärzt*innen fanden nichts, wussten nicht, warum ich mich ständig so schlecht fühlte und warum mein Körper immer wieder mit Infektionen zu kämpfen hatte. Und plötzlich, mit Anfang zwanzig, bekam ich eine Antwort: Sie hatten den Grund für all die auffälligen Befunde, die nicht so recht zusammenpassen wollten, gefunden. Eine Zufallsentdeckung im MRT. Sie hatten nach etwas anderem gesucht und eine Veränderung festgestellt. Ein paar Blutuntersuchungen, Probeentnahmen und Tests in der neurologischen Abteilung später war klar: Mein eigener Körper machte mich krank und würde es auch weiterhin tun. Ich litt an einer unheilbaren Autoimmunerkrankung. Zu meinem Glück ging es mir, im Gegensatz zu anderen Erkrankten meines Alters, noch gut. Gehen, atmen, all das konnte ich noch. Aber ich kämpfte hart mit den Begleiterscheinungen. Manchmal ging es mir wochenlang so schlecht, dass ich mich zwingen musste aufzustehen. Und stand ich dann, überkamen mich Schwindel und Schwäche.

Wenn es richtig übel lief, landete ich im Krankenhaus, was für mich die Hölle war. Ich mochte niemandem Umstände bereiten. Ich mochte nicht im Mittelpunkt stehen. Nicht so. Es ist mir jedes Mal unangenehm, auf Hilfe angewiesen zu sein. Nicht zu funktionieren und andere mit meiner Hilflosigkeit zu belästigen.

Chronisch krank. Mein Körper, der gegen sich selbst kämpft. Mein Körper, der sich immer penetrant in den Mittelpunkt des Geschehens drängt und schreit: «All eyes on me!» Mental meltdown ist nicht drin, ich muss trotz der Angst und all dem Scheiß, der mich umgibt, psychisch stabil bleiben, damit mein Körper sich den Raum nehmen kann, den er offensichtlich braucht.

40

SIE IST ERST ZWEI JAHRE ALT und sieht es: «Mama, was macht Papa da?», fragt mich meine Tochter in ihrer Babysprache und mit vor Schreck geweiteten Augen. Diesen Augen, die jetzt noch dunkler und größer erscheinen als ohnehin schon. Ich will ihr antworten, aber meine zittrige Stimme geht unter in dem Lärm, den sein Hämmern an die Tür verursacht. Ich sehe, dass ihr eine Träne die Wange herunterläuft. Sie zittert am ganzen Körper. Dieser kleine, zerbrechliche Körper. Aber sie hat Angst um mich und um sich, fürchtet, dass ich zerbrochen werde. Ich beuge mich zu meinem kleinen Mädchen mit den wunderschönen Afrolöckchen herunter und wiederhole die Notlüge, die mir als nächstbeste eingefallen ist: «Mama und Papa spielen nur Verstecken, und wir beide, du und ich, müssen uns jetzt vor deinem Papa verstecken.»

Ich verbiete mir zu weinen. Dass das Kind seine Wut- und Gewaltausbrüche mitbekommt, ist für mich noch viel schlimmer als die Ausbrüche selbst. Nichts wird besser dadurch, dass ich nicht weine, aber ich möchte meinem Kind einen Rest Sicherheit bieten. Ihm zeigen, dass etwas in mir sich ihm nicht beugt. Aber alles ist falsch im Falschen. Wir kauern an der Heizung unterm Fenster. Das Kind hält seinen Kuschelhasen in der Hand und zieht ihm einzelne Fellhaare aus. Die perfekte Ordnung im Schlafzimmer unseres

Reihenhauses, das er so gemütlich eingerichtet hat, wirkt bizarr. Das Bett ist gemacht, und ich starre auf das rote Samtkissen, das ich in der Mitte drapiert habe.

Unsicher guckt das kleine Geschöpf hoch und sagt, während es die laufende Nase hochzieht: «Das Spiel macht aber gar keinen Spaß.» Und natürlich hat sie recht. Das hier ist kein Spiel. Der Einzige, für den es ein Spiel ist und der auf perverse Art Spaß daran hat, ist er, der mit den Fäusten gegen die Tür hämmert und brüllt, dass ich hier nicht mehr lebend herauskommen werde.

Ich darf meine Angst vor ihm, meine Panik, dass er seine Drohung diesmal wahr macht und ich seine Wut nicht überlebe, nicht auf die Kleine übertragen oder auf das Baby in meinem Bauch. Ich muss stark für sie sein, also so stark ich sein kann. Ich weiß, wenn er will, kommt er rein. Keine Tür der Welt kann ihn aufhalten, wenn er so ist. Ich weiß genau, wie er jetzt aussieht. Zu oft habe ich diesen Gesichtsausdruck schon gesehen. Die gebleckten Zähne, den verzerrten, schmallippigen Mund, die Augen voller Hass und Ekel. Und all das, seine Wut, seine Verachtung – in diesem Moment glaube ich, ich habe sie verdient. Es gelingt mir nicht, ihm immer widerspruchslos zuzustimmen oder alles zu machen, was er will. Manchmal will er, dass ich ihm einen blase, mal soll ich so tun, als wäre ich eine andere Frau, eine Frau, die er geil findet, mal ist er sauer, weil wie jetzt eine Vase zu Bruch gegangen ist.

Ich bin erschöpft und müde, denn ich habe den Abend und die Nacht, bevor er nach Hause gekommen ist, das ganze Haus geputzt, Wäsche gewaschen und gebügelt, gekocht, das Kind versorgt, damit nicht das passiert, was dann doch wieder passiert ist. Ich hab's nicht hinbekommen. Nicht so, dass er nach einer Woche heimkehrt und alles zu seiner vollen Zufriedenheit vorfindet.

Diesmal war es eine der bauchigen Bodenvasen, die ich beim Staubsaugen umgestoßen hatte und die mit lautem Scheppern zu Bruch gegangen war. Meine Tochter half mir beim Aufsammeln der Scherben und streichelte mir über den Kopf, als ich anfing zu weinen. Ihre Fürsorge ließ mich nur noch mehr verzweifeln. An mir und an dem Gedanken daran, was ich meiner Tochter vorlebte. Wie wenig ich ihr ein gutes Beispiel gab.

Wird sie glauben, dass es normal ist, so zu leben? Wird sie glauben, dass es normal ist, dass der Mann, der sagt, dass er sie liebt, sie verletzt? Wird sie vor zerbrochenen Vasen knien und wissen, dass noch so viel mehr zerbrechen wird? Und wird mein noch ungeborener Sohn denken, dass Männer das Recht dazu haben?

«Komm», sage ich zu meiner Tochter, die ich davor beschützen muss, mit anzusehen, wie er mich umbringt, und nehme sie an die Hand. Ich hieve mich auf die Fensterbank, ziehe sie hoch, öffne das Fenster und steige aufs Fensterbrett. Meine Tochter klettert hinter mir her, ich nehme sie auf meinen Arm, werfe einen letzten Blick über die Schulter in unser Schlafzimmer und springe.

Der Sprung ist eher ein Schritt in den Buchsbaumbusch unseres Vorgartens. Unter anderen Umständen wäre es lustig gewesen, jetzt schäme ich mich unendlich vor meiner Tochter, vor mir selbst, dass ich keinen anderen Ausweg finden konnte als diesen.

41

SEINE FAUST KRACHT auf den frischgebeizten Eichentisch. Er behandelt ihn fast im Monatstakt. Er streicht auch mindestens jedes halbe Jahr, weil ihn die kleinen Fingerabdrücke an den Wänden rasend machen. Er sorgt sich, Besucher*innen könnten den Eindruck gewinnen, wir hätten unseren Haushalt nicht im Griff. «Wir» heißt natürlich ich. Und statt die Fliesenfugen im Badezimmer auf Knien zu schrubben, habe ich mich entschlossen, die Zeit für mich zu nutzen und zu schreiben. Die Kleinen schlafen gerade beide.

Eine Freundin hatte mir ein paar Wochen nach der Geburt meines Sohnes ein kleines rotes Notizbuch geschenkt. Keinen Schnuller, keinen Strampler, ein Notizbuch, nur für mich. Ich hatte immer wieder versucht, ihr zu erzählen, was passiert, mit mir, mit der Beziehung, mit ihm. Oft versagen mir die Worte, ich verhasple mich, ich stottere. Manchmal weine ich, meist starre ich irgendwann ins Leere und versuche das Thema zu wechseln. Als sie mir das Buch übergibt, sagt sie: Schreib alles auf, schreib, was dich beschäftigt, was du magst, was du siehst und erlebst. Vielleicht hilft es dir. Vielleicht hilft es dir, zu dir zurückzufinden. Ich musste schlucken. Sie berührte etwas in mir.

Aber wir hatten gerade den Umzug hinter uns und lebten noch halb auf einer Baustelle, und so blieb das Buch lange Zeit unangetastet in meiner Schlaftischschublade. Doch es geriet nie in Vergessenheit. Manchmal holte ich es raus, setzte an, klappte es wieder zu.

Dann beginne ich Alltagsbeobachtungen aufzuschreiben. Kleine Erlebnisse mit den Kindern, ein schöner Spielplatzbesuch, das Jauchzen beim Schaukeln. Ich schreibe Dinge über andere Menschen, die ich beim Spaziergang gesehen habe. Ich schreibe über Dinge, die nichts mit mir zu tun haben.

Aber irgendwann schreibe ich auch über ihn, schreibe Sätze auf, die er gesagt hat oder gebrüllt, schreibe auf, was er tut. Und mit der Zeit gibt es kein Halten mehr. Ich schreibe, wann immer ich kann, schreibe mir alles vom Herzen, finde Worte für Gefühle, für die ich nie welche hatte. Ich verstecke das Buch zwischen meinen T-Shirts.

Jetzt bereue ich, nicht doch die Fliesenfugen geputzt zu haben. Fast. Weil auch wenn ich jetzt die Quittung dafür bekomme, das war es mir wert.

Und während er mit seinem Arm das Geschirr vom Tisch und auf unseren neuen Holzboden fegt, keimt in mir dieses Gefühl auf. Ganz leicht, wie ein zarter Windhauch. Ein Gefühl, als würde sich mir plötzlich jemand seitlich nähern. Ich löse meinen Blick von den umgestoßenen Bechern, den kaputten Tellern und Tassen, aber neben mir steht niemand. Ich kann nichts entdecken. Er tobt und wütet währenddessen weiter. Ich spüre, dass etwas anders ist. Nicht er. Er ist wie immer. Ich bin es. In Gedanken schreibe ich mit und auf, was er gerade tut. In Gedanken bin ich woanders.

Ich habe keine Angst. Und auch das ist anders. Es ist keine Angst mehr übrig. Da ist nur noch Wut. Keine Angst. Und vor allem: keine Liebe mehr. Das und die Ahnung, dass jetzt, da weder Angst noch Liebe mich hier noch eine Sekunde länger halten können, sind dieses Gefühl, dieser Windstoß, der mich langsam aufstehen lässt. Jetzt gehe ich zu ihm. Setze einen Fuß nach dem anderen fest auf unserem Holzboden auf. Schritt für Schritt. Er hält kurz inne, mit dem Stuhl in der Hand, den er wohl gleich noch auf dem Boden oder mir zerbrechen wird, und blickt mich herausfordernd an.

Ich scheiße auf dieses Spiel. Ich werde es nicht mehr spielen. Ich werde meine eigenen Regeln aufstellen. Jetzt stehe ich vor ihm, blicke ihm tief in die vor Wut verkniffenen Augen, und sage: «Ich gehe, und du wirst mich nicht aufhalten.»

Er brüllt: «Das traust du dich nicht! Ohne mich bist du nichts, du dumme Fotze!», aber ich drehe mich einfach um und verlasse unsere Küche, gehe ins Schlafzimmer.

Ich versuche meinen Blick starr auf die Wäsche zu fokussieren, die ich hektisch in Taschen packe. Er kommt hinter mir her und läuft in meinem Rücken auf und ab. So wie die Raubkatzen im Zoo, die zu wenig Auslauf haben und darüber verrückt werden. Und so bedrohlich wirkt er auch. Ich erwarte seine Angriffe, und als er mir mit der Hand auf den Hinterkopf schlägt, zucke ich nicht mal mehr zusammen. Ich weiß, wenn ich mich jetzt nicht konzentriere, das hier endlich durchzuziehen, die Sachen meiner Kinder und mir zu packen, abzuhauen, werde ich nicht überleben. Wenn er mich nicht umbringt, werde ich es tun und mich selbst auslöschen. Weil es besser so ist. Besser für alle. Ich bin eine Belastung. Und wenn ich weg bin, lässt er vielleicht wenigstens unsere Kinder in Ruhe. Unsere Kinder – nur für sie lebe ich noch. Nur ihretwegen versuche ich es durchzustehen. Ihretwegen knie ich gerade hier vor unseren Taschen und halte aus. Halte ihn, die Gewalt aus. Mein Herz ist schwer. Mein Herz ist schwarz. Mein Herz rast. Meine Gedanken rasen.

Vier Stunden später sitze ich mit meinen Kindern im Auto und fahre in unser neues Leben. Oder nehme das mit, was von unserem Leben noch übrig ist.

Ich wollte ganz sein, nachdem ich gegangen war, aber ich wusste die zerbrochenen Teile einfach nicht mehr zusammenzusetzen. Ich wusste nicht, ob die Teile zu mir gehörten und ob sie jemals ein vollständiges Bild meiner selbst ergeben würden. Hilflos kniete ich vor dem Scherbenhaufen, der mein Leben sein sollte. Stocherte mit blutigen Fingerkuppen in den Bruchstücken, weil ich mir ständig neue Schnittwunden holte, wenn ich versuchte, sie anzuordnen.

Ich fühlte, wie meine Kinder mir dabei zuguckten, die bereits selbst so viele Brüche in ihren noch so jungen Leben vorzuweisen hatten. Ich hatte das Gefühl, dass ich es unter Hochdruck schaffen musste, meine Wunden zu verbinden und wirklich zu heilen. Damit ich voll und ganz für sie da sein konnte.

Ich hatte keine Zeit, mich zu erholen. Keine Atempause. So viele Jahre nicht. Am liebsten möchte ich laufen. So wie damals, als ich vor meinen Problemen einfach weglaufen konnte. Da war ich allein im Wald, für mich. All meine Wut und Trauer, meine Verletzungen und Verzweiflung lösten sich für einen Moment auf. Jeder Schritt, der hart und dennoch federleicht auf dem Waldboden einschlug, war ein Schritt Richtung Befreiung. Die Unbeschwertheit hielt für diese kurzen Momente und manchmal ein wenig darüber hinaus. Meine Freiheit. Aber wie viel eine solche kurze Erholungspause von meiner Umgebung, meinen Selbstzweifeln, meinem Selbsthass wert war, ist unermesslich. Es klingt vielleicht merkwürdig, von Erholung zu sprechen, wenn ich keuchend durch den Wald rannte, aber für mich war es genau das.

Meine Tochter sollte nicht glauben, dass es normal ist, von einem Mann geschlagen zu werden. Mein Sohn sollte nicht glauben, dass sich Liebe in Gewalt ausdrücken kann.

Ich musste endlich stärker sein als die Angst. Stärker sein als er. Stark sein für meine Kinder. Stark sein für mich. Auch wenn ich schon lange nicht mehr wusste, wer dieses Ich überhaupt ist. Ich verlor mich immer dann, wenn ich wusste, meine Kinder hatten mich, und sei es nur für Minuten, nicht im Blick. Das waren kurze Momente der Schwäche, die ich mir zugestand. Vor ihren Augen, diesen Blicken, die sagten, dass sie auf mich vertrauten, mich brauchten, hätte ich es mir nie zugestanden, mich fallenzulassen. Ihre Liebe, ihr Glaube an mich gab mir Stärke. Es war die einzige Kraft, die ich hatte. Das Einzige, wofür es sich zu leben und durchzuhalten lohnte: für diese wunderbaren Geschöpfe, meine Kinder!

42

ICH HATTE SCHON FRÜH diese Ahnung, dass ich wahrscheinlich nicht alt werden würde. Bereits als Kleinkind kränkelte ich des Öfteren, und eine schwere Meningitis habe ich nur mit viel Glück gut überstanden. Hätte mein Stiefvater mich damals, als ich kaum noch ansprechbar war, nicht in meinen kleinen pinken Frottee-Bademantel gewickelt und wäre mit mir auf seinem Arm ins gegenüberliegende Krankenhaus gelaufen, ich hätte die Hirnhautentzündung wahrscheinlich nicht überlebt. Mein Stiefvater rettete mir das Leben.

Als die behandelnden Ärzt*innen mich untersuchten und klarwurde, dass eine Rückenmarkspunktion gemacht werden musste, verbot mir meine verzweifelte und emotional überforderte Mutter zu weinen. Und so saß ich da, vier, fünf Jahre alt, biss die Zähne zusammen, als die ungefähr zwölf Zentimeter lange Kanüle in den Dornfortsatz irgendwo zwischen dem zweiten und fünften Lendenwirbel eingeführt wurde. Ich zuckte nicht zusammen. Ich weinte nicht. Und als die Ärzt*innen meine Eltern anfuhren, dass es eigentlich hilfreich wäre, wenn ich weinen würde, weil das den Druck erhöhen und so die Gehirn-Rückenmark-Flüssigkeit besser herausgepresst würde, sah meine Mutter mir tief in die Augen und sagte: «Und jetzt musst du noch mal tapfer sein und pressen, als würdest du auf der Toilette sitzen.» Ohne auch nur einmal aufzustöhnen, ohne zu zetern und ohne zu weinen, saß ich da, mit der Hohlnadel in meinem kleinen Rücken, und presste meine Rückenmarksflüssigkeit aus. Ich war als Kind ein harter Hund.

Für meine Mama sollte meine schwere Meningitis nicht so folgenlos bleiben wie für mich. Sie fühlte sich lange schuldig, weil sie es zunächst als das übliche Drei-Tage-Fieber abgetan hatte. Diese Fehleinschätzung hätte mich wahrscheinlich das Leben gekostet. Und so oft sie meinen Stiefvater später verlassen wollte, konnte sie es nicht, weil ihre Schuldgefühle sie nie losließen: Wie konnte sie den Mann verlassen, der ihrem geliebten Kind das Leben gerettet hatte? So ein Mann konnte nicht wirklich schlecht sein. Sie musste vor sich selbst rechtfertigen, dass sie nicht stark genug gewesen war, frühzeitig ihr Leben und das ihrer Kinder in die eigene Hand zu nehmen. Am Ende siegte ihr Pflichtgefühl, den Kindern einen Vater bieten zu müssen, über das Wissen, dass er kein guter Mann und Vater war.

Ich warf es ihr nie vor.

Wie könnte ich auch?!

43

UND DANN SASSEN WIR DA, in dem Gästezimmer meiner Eltern. Zu dritt auf fünfzehn Quadratmetern. Das machte fünf Quadratmeter pro Person. Eigentlich benötigten die Kleinen gar nicht so viel Raum, weil sie sowieso wie Kletten an mir klebten. Und wer konnte es ihnen verübeln, nach dem, was sie mitgemacht hatten?

Ich wusste nicht, wohin mit den Kindern und mir, nachdem ich ihn verlassen hatte. Ohne Geld, ohne Job, ohne Berufsausbildung, dafür mit zwei Kindern bekam ich nicht so schnell eine Wohnung. Selbst wenn ich zu einem Besichtigungstermin eingeladen wurde, wie hätte ich die Miete aufbringen sollen? Hilfe vom Staat zu bekommen, stellte sich als nahezu unmöglich heraus, weil ich bei meinen Eltern lebte, wir noch verheiratet waren. Der Kindsvater weigerte sich, Auskunft darüber zu geben, ob und in welcher Höhe er bereit wäre, Unterhalt für die Kinder und mich zu bezahlen. Es stellte sich schnell heraus, dass er erst mal gar nichts zahlen wollte. Und ich hatte weder die Kraft noch das Geld, in einen Rechtsstreit zu gehen. Ich wollte ihn nicht mehr sehen, nie wiedersehen, doch durch die Kinder war es fast unmöglich, nicht zu kommunizieren.

Wenn wir am Telefon darüber stritten, dass er für die Kinder aufkommen müsse, sagte er oft: «Komm doch einfach zurück. Du, die Kinder, ihr fehlt mir!»

Es war nicht überraschend, dass er dachte, ich wäre käuflich. Schließlich war ich lang genug seine Nutte gewesen. So nannte er mich gerne, wenn er mich durchnahm und mir dabei ins Gesicht spuckte. Seine kleine Nutte.

Während der Kleine zufrieden auf meinem Nippel rumkaut, weil er schon satt ist, aber noch Nähe sucht, und meine Tochter mit ihrem Köpfchen auf der anderen Seite meines Schoßes liegt, sammle ich meine Gedanken.

Ich kann nicht sprechen, deshalb versuche ich zu schreiben. Ich kann nicht antworten auf all die Fragen, die mir entgegengeschleudert werden. Wie konntest du das mit dir machen lassen? Warum bist du nicht früher gegangen? Ich wusste es selbst nicht. Wann und wo bin ich verlorengegangen?

Wenn ich mich von außen betrachte, denke ich, dass ich selbstbewusst und stark wirke. Ich weiß mich zu wehren. Bei Freund*innen erkenne ich sofort, wenn die Beziehung nicht gut läuft. Warum habe ich es bei mir nicht gesehen? Oder habe ich es doch gesehen? Wie konnte ich so sehr glauben, dass ich nichts anderes verdiene? Ich fühle mich schwach. Ich fühle mich jämmerlich. Ich verachte mich.

Das Selbstmitleid macht nichts besser. Ich schreibe ein paar Sätze. Ich streiche ein paar Sätze. Ich streiche alles. Alle Seiten, die ich mühevoll zusammengetragen habe.

Ich schreibe nachts. Und erschrecke tagsüber über das, was ich geschrieben habe. Die Gedanken, die mich überkommen, wenn die Kinder quer über mich ausgestreckt friedlich schlafen, sind, bei Tageslicht betrachtet, kaum auszuhalten.

44

UNTER MEINER GEBURT verstummten meine Herztöne. So als hätten meine Seele und mein Herz bereits beschlossen, dass das Leben mir zu schwerfallen würde und es klüger wäre, einfach kampflos aufzugeben. So als hätten Seele und Herz begriffen, dass die Dunkelheit meiner Haut sich auf sie legen würde. Mein Herz blieb einfach stehen, und so wurde die Geburt für meine Mama zu einer erschütternden Erfahrung.

Meine Tante, die Frau meines Onkels, begleitete meine Mutter in den Kreißsaal. Meine Geburt sollte sich unerwartet zu einem regelrechten Happening entwickeln. Anwesend war eine Hebamme, die meine Mutter wie Dreck behandelte. Sie war ihr offensichtlich zu jung, zu alleinerziehend und zu allem Übel auch noch Jugoslawin: «Wenn du nicht zu jung für Geschlechtsverkehr bist, bist du wohl zu dumm zum Verhüten», sagte sie ihr, als sie sie aufnahm.

Mehrere Ärzt*innen standen um die gespreizten Beine meiner Mutter und feuerten sie an, mich auf die Welt zu pressen. Für einen Kaiserschnitt war es zu spät, und so hofften alle, dass ich wegen der nicht mehr wahrnehmbaren Herztöne keine Totgeburt werden würde. Einer der Ärzte ereiferte sich und fieberte so sehr mit, dass er meiner Mutter, am anderen Ende der Vulva, ganz aufgeregt zurief: «Es hat Locken. Es hat Locken.»

Meine Mutter, die damit beschäftigt war, sich nicht vor Schmerzen ihrer Todessehnsucht hinzugeben, sammelte indes ihre verbliebenen Kräfte, presste ein letztes Mal, und ich rutschte heraus. Der Arzt, der eben noch geschrien hatte, verstummte kurz, als er mich sah, holte erschrocken Luft, sah meine völlig erschöpfte Mutter ernst an und sagte: «Es hat Locken. Es hat Locken und ... es ist Schwarz.»

Irritiert fügte er hinzu: «Wussten Sie das?»

45

NACH EIN PAAR WOCHEN kommt meine Sprache zurück. Anfangs antworte ich beschämt auf die Frage, warum wir uns trotz der Kinder getrennt haben. Und anfangs nenne ich oft seine Affären als einzigen Grund. Später erzähle ich mehr.

Ich weiß nicht, welche Reaktion ich erwartet habe, aber neben viel Mitgefühl und Verständnis bekomme ich auch zu hören, dass ich ihn sicherlich auch hin und wieder dazu provoziert hätte. Wenn ich erstaunt und verletzt zurückfragte: «Wie kommst du darauf?», sagt man mir: «Du wirkst nicht wie ein Opfer. Du bist doch stark und schlagfertig.» Damit kann ich nichts anfangen.

Wie sieht ein passables Opfer von häuslicher Gewalt aus? Gibt es ein Regelwerk dafür, an das Frau sich zu halten hat? Einen Opfertyp? Manchmal ist es unerträglich. Doch mit der Zeit greift es mich nicht mehr so an, was andere über mich denken. Es ist mir egal, ob sie tuscheln und denken, ich sei die große Verliererin. Sie können nicht sehen, was ich sehe: Ohne den Druck, sich Gedanken darüber zu machen, was die Gesellschaft von mir hält, war ich frei. Sie hat mich eh nie als vollwertiges Mitglied betrachtet. Nun gibt es keine Zwänge mehr. Keine Anspruchshaltung oder die Angst vor Verurteilung. Ich weiß, es liegt nicht in meiner Hand, ob man mich respektiert. Ich muss anfangen, mich selbst zu respektieren, und mein Selbstwertgefühl nicht weiter von außen bestimmen lassen.

Nach ein paar Monaten haben wir unsere eigene kleine Wohnung gefunden. Für die Kinder war es das Größte, bei Oma und Opa zu wohnen, verwöhnt zu werden ist immer schön, aber das Gästezimmer war auf Dauer einfach keine Lösung. Für meine Eltern und mich waren diese Monate, trotz aller Liebe zueinander und gegenseitigem Respekt, ganz schön kräftezehrend, zu fünft auf engstem Raum. Und ich muss auf die Beine kommen. Es endlich selbst in die Hand nehmen – mein Leben, unser Leben.

Jetzt toben die Kleinen durch unsere Zweizimmerwohnung, die mir ein Bekannter von früher vermittelt hat, während ich die paar Habseligkeiten, die übriggeblieben sind, aus den Kisten räume. Einen gebrauchten Schreibtisch habe ich mir gekauft, und da steht jetzt mein Laptop drauf, mein Notizbuch liegt daneben. Ein richtiger Arbeitsplatz, ganz allein für mich in meinem eigenen Schlafzimmer. Vor Freude laufen mir ein paar Tränen über die Wangen.

Obwohl außer den Kindern niemand hier ist, finde ich es maximal peinlich, wie gerührt ich bin. Und weil ich jetzt keine Lust mehr habe, weiter Kisten auszupacken, erlaube ich meiner Tochter, sich in mein Bett zu legen und ein Hörspiel zu hören, mein Sohn legt sich dazu und schläft sofort ein, während ich mich mit meinem Laptop dazulege und beginne zu schreiben.

Nichts stört mich gerade. Nicht die Unordnung. Nicht mal, dass ich nicht die Hälfte von dem geschafft habe, was ich mir vorgenommen habe. Ich schreibe einfach drauflos.

Ich lasse los. Und ich beginne von vorne. Schreibe mein Leben neu.

Ich bin frei. Ich kann schreiben, was ich will. Niemand kann mir etwas vorschreiben. Ich schreibe und lese nicht, was ich schreibe. Ich bin frei und lasse das Drama hinter mir.

Komik ist Tragik in Spiegelschrift.

46

MIT TRÄNEN IN DEN AUGEN und einem dicken Kloß im Hals stehe ich auf dem Flur des Jugendamtes meinem Stiefvater gegenüber. Dieser Scheißkerl hat es tatsächlich geschafft, zu einem Termin zu erscheinen. Dafür wären fast Standing Ovations angebracht. Während meine Mutter und er sich um das Sorgerecht für meinen Bruder streiten, sitze ich schweigend und mit pochendem Herzen daneben. Ich hasse ihn. Seine arrogante Art, die Dreistigkeit, mit der er offenkundige Lügen von sich gibt, das Wissen um all das, was er uns angetan hat, machen mich rasend. Ein Jahr ist es her, dass meine Mama es endlich durchgezogen hat: Sie hat ihn verlassen und uns Kinder mitgenommen. Ich bin erleichtert, seine Hackfresse nicht mehr sehen zu müssen, auch wenn ich eh kaum noch zu Hause, sondern die meiste Zeit bei meinem Freund bin.

Seit ich volljährig, also offiziell erwachsen bin, lasse ich endgültig nicht mehr zu, dass mein Stiefvater mir weiter Angst macht. Als er dann vor mir steht, bühnenreif für das umstehende Publikum vom Jugendamt in Tränen ausbricht und mich fragt, ob er mich umarmen darf, antworte ich durch fest zusammengepresste Lippen: «Du sprichst mich ab heute nie wieder an. Du fasst mich nie wieder an. Du kennst mich ab heute nicht mehr. Ich kenne dich ab heute nicht mehr!» Ich bin frei, denke ich. Ich irre mich.

47

WÄHREND DER ZEIT MIT IHM habe ich zu so vielen Freund*innen und Bekannten den Kontakt verloren. Wie hätte ich ihn auch halten sollen? Selbst wenn ich nicht völlig erschöpft und überfordert gewesen wäre, ich hätte es nicht gedurft. Ich wollte nichts riskieren, wollte ihm keinen Vorwand liefern, eifersüchtig zu werden und mich zusammenzuschlagen.

Nachdem ich endlich frei war, meldete ich mich überall an, auf allen Social-Media-Plattformen, die es gibt. Sie verhießen unmittelbare Teilhabe an einem sozialen Leben, das ich mir sonst alleine mit zwei Kindern so schnell nicht hätte aufbauen können. Ich knüpfte alte Bande neu. Ich fand plötzlich wieder statt. Ich verabredete mich mit Freund*innen. Manche waren so lieb, mich auf einen Kaffee oder auch ein Mittagessen einzuladen, denn Kohle hatte ich selbstverständlich immer noch keine. Ich flirtete auch online. Postete Fotos von mir. Hatte Dates und begann mich selbst wieder zu spüren.

Trotz allem wollte ich, dass die Kinder eine gute Beziehung zu ihm hatten. Kinder lieben ihre Eltern. Meine Kinder liebten ihren Vater. Wer war ich, ihnen das zu nehmen? Zu spät begriff ich, dass er selbst derjenige sein würde, der sich der Liebe seiner Kinder berauben würde. Während ich, diesem Gefühlschaos ausgesetzt, versuchte, eine gesunde elterliche Beziehung mit gemeinsamer Verantwortung zu führen, begann er wieder in alte Muster zu verfallen und über die Kinder Macht auf mich auszuüben.

Er wusste, dass ich erschöpft war, weil ich uns, die Kinder und mich, quasi allein durchbringen musste und das überfordernd war, weil ich mehr als fünf Jahre lang kaum eine freie Minute für mich selbst gehabt hatte. So konnte er jedes zweite Wochenende vor jedem damit glänzen, dass er mich entlastete, und es nach außen so darstellen, dass ich nichts tat, außer zu feiern. Das tat ich selbstverständlich nur dann, wenn ich wusste, die Kinder waren versorgt, und ich es mir erlauben konnte, mir auch beruflich einmal freizunehmen.

Auch wenn es ihn nichts anging, rief er regelmäßig an oder stand vor meiner Tür, brüllte, beschimpfte mich als «miese Schlampe», wütete und erzählte unseren Kindern, wenn sie das Wochenende bei ihm übernachteten: «Mama hat euch hier abgeliefert, damit sie in Ruhe mit anderen Typen ficken kann.»

Selbst wenn ich das tat, ging es weder ihn noch die Kinder etwas an. Und ganz nebenbei: Meistens schlief ich einfach mal zwei Tage durch.

Was sehe ich in seinen giftgrünen Augen? Ist es Verzweiflung? Wut? Nein, seine Wut kenne ich in- und auswendig. Es ist auch kein Erstaunen. Es ist blanke Angst. Er hat tatsächlich Angst vor mir. Er, der mein Leben so lange schon bestimmt, der mich so lange niedergedrückt hat. Er, der mir, wie so viele andere im Leben, stets bedeutete, dass es klüger sei, Angst zu haben und auf der Hut zu sein. Er, der schon so lange eine Bedrohung für mich war. Er hat Angst.

Er hat Angst vor mir. Vor meinem neuen Mut. Er begreift, dass er keine Macht mehr über mich hat.

Er steht im Flur meiner neuen Wohnung, dieses fast zwei Meter große Häufchen Elend. Und noch während er da steht, rattert in meinem Kopf ein Film, was er alles bemängeln würde: In der Küche stapelt sich Geschirr, überall fliegt Kinderspielzeug rum, die Jacken hängen nicht am Haken, sondern liegen durcheinander auf der Kommode, die Schuhe sind nur teilweise im Regal. Gesaugt habe ich zuletzt am Wochenende. Ich stehe in meiner eigenen Wohnung und fange an zu schwitzen. Aber er will vor allem jammern. Mit seiner neuen Freundin läuft es nicht gut. Er heult, fleht und bettelt, dass wir, die Kinder und ich, zu ihm zurückkommen sollen. Er schwört, dass er sich verändert hat. Er schwört, mich nie wieder anzufassen. Und zum ersten Mal habe ich das Gefühl, dass es nicht nur seine Entscheidung war, ob er mich anfasst, sondern auch meine Entscheidung, das zuzulassen. Er wird mich nie wieder anrühren, diese Entscheidung habe ich getroffen. Jetzt und für alle Zeit.

Er fragt die Kinder: «Wollt ihr auch, dass Mama den Papa zurücknimmt?», und die Kinder antworten verunsichert: «Jaaa.»

Doch ich bleibe hart, für mich, aber vor allem wegen der Kleinen. Ich gucke ihn an, ich glaube, ich kann meine Verachtung nicht verbergen, und sage ihm: «Unsere Tochter wird nicht lernen, dass es normal ist, dass ein Mann sie schlägt!» Er will widersprechen, und ich zische ihn durch die Zähne an: «Und unser Sohn wird nicht lernen, dass es normal ist, seine Frau zu schlagen.» Ich greife seinen Arm und ziehe ihn zur Haustür. Er stemmt sich mit aller Kraft dagegen, aber ich, mit meinen lächerlichen 47 Kilogramm, lasse nicht locker, packe seinen Arm noch fester und sage deutlich und bestimmt: «Du verlässt jetzt meine Wohnung und kommst nie wieder her ohne meine ausdrückliche Erlaubnis.»

Ich schiebe ihn aus der Tür, knalle sie fest zu und blicke in die weit aufgerissenen Augen meiner Kinder. Und ich sehe ihnen an, dass sie traurig darüber sind, dass ich ihren Papa rausgeschmissen habe – aber ihre Erleichterung sehe ich auch.

48

BEVOR MEINE MAMA selbst es wusste, war mir klar: Der ist der Richtige. Im Gegensatz zu meinem Stiefvater. Er war lange Jahre unser Nachbar, es war der Lehrer an der anthroposophischen Schule, der mich schon in der Grundschule jeden Morgen zur Schule fuhr. Wenn er mitbekam, dass mein Stiefvater mich kleinmachte und beschimpfte, ging er dazwischen und nahm mich vor meinem Stiefvater in Schutz. Schon lange bevor er mit meiner Mutter zusammenkam, besuchte er hin und wieder einen Wettkampf von mir und jubelte mir zu. War meine Mama krank, brachte er ihr selbstgemachte Hühnersuppe hoch.

Meine Mama hatte sich noch lange nicht von meinem Stiefvater getrennt, als ich ihr als junges Mädchen, ich muss so um die neun Jahre alt gewesen sein, nahelegte, ihren jetzigen Mann doch für ihn zu verlassen. Er, der so viel netter und liebevoller war als der Mann an ihrer Seite. Lachend hatte meine Mama abgewunken. Sie hatte schließlich ein Kind mit ihrem Mann, welches ihn sehr liebte. Dass sich auch mein Bruder irgendwann ausgerechnet von diesem Mann adoptieren lassen würde, konnte damals niemand ahnen. Dann, als ich schon lange nicht mehr daran geglaubt hatte, schaffte meine Mama endlich den Absprung, packte ihre Sachen und uns Kinder und zog aus. Erst nach der endgültigen Trennung wurde deutlich, welche Schäden die Ehe meiner Eltern bei allen Familienmitgliedern angerichtet hatte.

«Mama», sage ich, und versuche dabei eine bequeme Position auf der Umzugskiste zu finden, auf der ich mit meinem mageren Hintern sitze. «Mama, ich weiß, das ist alles noch zu frisch, aber ich glaube, du solltest dich wirklich mit ihm treffen.»

Verwundert, mit wunderschön smaragdgrünen Augen, die trotz allem immer noch neugierig blitzen, starrt sie mich an, so als wüsste sie nicht, von wem ich spreche. «Nur weil ich sechzehn Jahre alt bin, bedeutet es nicht, dass ich nicht checke, wie ihr euch heimlich Blicke zuwerft.»

Meine Mama hebt die Arme, um zu protestieren, und lässt sie dann doch wortlos in den Schoß fallen. Sie weiß, es ist sinnlos, mir etwas vorzumachen. Wahrscheinlich weil sie sich so lange selbst belogen hat, fällt es ihr schwer, laut auszusprechen, wie es ist. Wir sitzen auf zwei Kisten in unserer neuen Wohnung. Ich mag die Wohnung. Sie ist nicht zu groß. Nicht zu klein. Ein Altbau mit Stuck an den Decken. Endlich haben wir etwas Passendes gefunden. Wir haben nicht viel mitgenommen. Wir haben vor allem uns. Das ist das Wichtigste.

Eigentlich müsste ich froh sein, dass wir unsere Mama nach all den Jahren voller Streit, Wut und Machtkämpfen endlich für uns haben. Ich müsste froh sein, keine Angst mehr vor dem Mann meiner Mutter haben zu müssen. Ich bin es auch, aber ich spüre, dass unser Nachbar der Mann ist, mit dem meine Mama glücklich sein würde. Ich wollte, dass meine Mama geliebt wurde, und ich wusste einfach, dass er es tat. Ich wusste, sie war ebenso verliebt.

An diesem Abend, bei Kerzenschein und im Chaos unausgepackter Umzugskisten, überredete ich sie, ihn anzurufen und einfach zu fragen, ob er mit ihr ausgehen mochte. Was soll ich sagen? Zwei Monate später zog er bei uns ein. Ein Jahr später suchte ich mit ihm einen Verlobungsring für meine Mutter aus, und wiederum zwei Wochen darauf hielt er in meiner Gegenwart um die Hand meiner Mutter an. Und jetzt ist er zweifacher Großvater.

Ein paar Monate vor meiner eigenen Hochzeit mit meinem jetzigen Mann machte er mir einen Adoptionsantrag. Dieser Mann, bei dem ich spürte, dass er meine Mama über alles liebte, ist jetzt mein Vater.

49

«UND JETZT FICKE ICH dir Kind Nummer drei an. Dann nimmt dich kein anderer Typ. Nie wieder!», stöhnt er.

Ja, wie bin ich hier gelandet? Was für ein Albtraum. Ich versuche die Masse, die auf mir liegt, von mir zu schieben. Ich bin so unendlich angewidert. Schweiß trieft von seiner großporigen Stirn, und ich schaffe es nicht, schnell genug zu reagieren und zu blinzeln, um zu verhindern, dass ein Tropfen in meinem Auge landet. Ich will nur kotzen. Wie konnte das passieren? Ich hatte einen Schlussstrich gezogen. Ich hatte mich überwunden und meine Eltern gebeten, mich und die Kinder bei sich aufzunehmen. Ich hatte ihnen versprochen, nicht wieder zurückzugehen. Ich hatte vor, mich dieses Mal daran zu halten. Ich hatte meine eigene Wohnung gefunden. Ich fühle mich nicht mal mehr zu ihm hingezogen.

Ich wollte nur ein paar Sachen von ihm abholen, denn bei meinem überstürzten Auszug hatte ich nicht mehr als einen Koffer und zwei Taschen eingepackt. Das Laufrad, die Bücher, alles war noch bei ihm. Ich dachte, ich sei über ihn hinweg, über alles hinweg. Aber schon als ich zur Tür hereinkam, merkte ich, wie ich fast augenblicklich wieder in alte Muster zurückfiel.

Es war als rufe er ein fast körperlich verinnerlichtes Programm bei mir ab, einen Automatismus, der sofort wieder anspringt. Ich fühlte mich wieder klein, hilflos. Obwohl er gerade viel hilfloser erschien. Ich fühlte mich wertlos und durch seine Aufmerksamkeit wertgeschätzt.

Er bot an, mir einen Kaffee zu machen, und ich dachte wieder einmal, wir könnten uns jetzt wie zwei vernünftige Erwachsene begegnen. Er sah fertig aus, hatte abgenommen. Erzählte, dass ihn die jüngeren Kids bei den Contests abziehen, dass er glaubt, seine Freundin würde ihn betrügen. Und irgendwann hatte er mich.

Warum lasse ich zu, dass er die Affäre, mit der er mich betrogen hatte und die jetzt seine neue Freundin ist, mit mir betrügt? Will ich mich so an beiden rächen? Bin ich wirklich so niederträchtig und verkommen, dass ich alles vergesse, was vorgefallen ist, nur um ihn zurückzugewinnen? Nur um mir vorzumachen, wir wären eine heile Familie? Nur um mich kurzzeitig aufzuwerten? Mir vorzumachen, ich sei liebenswert?

«Hast du kapiert? Niemand nimmt dich mehr! Ohne mich überlebst du nicht. Ohne mich bist du nichts!», grunzt dieses Schwein, und ich presse mich tiefer in die Couch und versuche mich unter ihm hindurchzuwinden. Als ich vom Sofa auf den Boden falle, guckt er mich belustigt an und fragt: «Was ist denn jetzt schon wieder?»

Ich antworte nicht und wickle mich in eine Decke, damit ich ihm nicht mehr nackt ausgeliefert bin. Er darf mich so nicht mehr sehen. Nie wieder soll er mich nackt sehen.

«Ich will kein weiteres Kind von dir», sage ich. «Ich will auch dich nicht mehr», füge ich fast flüsternd hinzu, rappel mich vom Wohnzimmerboden auf und gehe langsam in Richtung Badezimmer unseres früheren gemeinsamen Hauses. Ich schließe ab, dusche kalt.

Nach der Dusche suche ich die letzten Sachen zusammen, die ich von ihm abholen wollte. Ich werde meine Eltern nicht enttäuschen. Ich werde meine Kinder nicht enttäuschen. Ich werde nicht zu ihm zurückkehren, dieses Mal nicht. Auch wenn ich ihm glaube, dass mich nie jemand lieben wird. Es ist nicht schlimm. Ich muss nicht geliebt werden.

50

«**DU, SAG MAL,** kannst du mir ein paar Tipps zur Selbständigkeit geben? Hast dann auch ein Bier bei mir gut!», schreie ich in die Freisprechanlage, um den Autobahnlärm zu übertönen.

«Klar, was willst du wissen?», antwortet mein Gegenüber. Er klingt ein bisschen überrascht, dass ich ausgerechnet ihn deshalb anrufe. Wir sind uns noch nie persönlich begegnet und kennen uns von gemeinsamen Freunden über Facebook. Ich weiß aber, dass er schon viele Jahre erfolgreich als freier Autor arbeitet, und ich finde seine Posts im Netz immer sehr lustig.

Also habe ich all meinen Mut zusammengenommen und ihn angerufen. Und im Gegensatz zu anderen Männern gräbt er mich nicht sofort an. Ich kann gerade nicht noch einen Flirt gebrauchen. Mir genügen die losen Verabredungen, die ich seit der Trennung von dem Vater der Kinder pflege, völlig aus, um total überfordert zu sein. Mir haben die fast fünf Jahre Knast mit dem letzten gereicht. Deshalb bin ich sehr dankbar, dass der Typ am Telefon freundlich, aber unverbindlich bleibt. Nichtsdestotrotz sage ich ihm, dass er mich beim Wort nehmen darf und ein Bier bei mir guthat, einfach weil ich höflich sein will und er mir mit seinen Tipps auch tatsächlich weiterhilft.

Immer wieder ergriff ich die Flucht vor untragbaren Situationen. Ohne Schulabschluss, ohne Abitur, ohne eine Ausbildung und ohne die Chance, in dieser Gesellschaft Fuß fassen zu können, schuf ich mir nun eben das, was unsere weiße Gesellschaft bereits als ihr Privileg bezeichnen darf: mein eigenes Happyland!

Ich machte mich selbständig und in erster Linie unabhängig von Hierarchien, in denen nur ein Glied rassistisch sein muss, um meine Zukunft gefährden zu können. Es war das größte Wagnis überhaupt, nach ein paar Aushilfsjobs war ich so weit, aber noch kälter konnte das Wasser, in das ich sprang, sowieso nicht werden. Und Aushilfsjobs konnte ich schließlich immer wieder machen.

Finanzielle Unabhängigkeit, endlich einen Job zu haben, mit dem ich genug verdiente, um mich und meine Kinder auch alleine durchbringen zu können, machte es mir erst wirklich möglich, auch emotional unabhängig zu werden. Er verlor damit noch mehr Macht. Mich von den Zwängen zu befreien, denen man unterliegt, wenn man eine alleinerziehende Mutter ist, die nicht weiß, wie sie ihre zwei Kinder ernähren soll, und lieber nicht riskiert, die Hand, die sie füttert, abzuschlagen, war eine Befreiung.

Mir geht regelmäßig mein Hängearsch auf Grundeis, dass ich nicht genug verdiene. Dem Kindsvater habe ich im Grunde den Unterhalt für mich geschenkt, damit er nicht behaupten kann, er würde für mich aufkommen müssen, weil ich nichts hinbekomme. Selbstverständlich erzählt er das trotzdem allen, ob sie es hören wollen oder nicht. Selbst unseren Kindern bindet er das auf die Nase. Ich lasse sie in dem Glauben, weil ich weiß, dass sie noch früh genug erfahren werden, dass er sie immerzu belügt und für seine Zwecke missbraucht. Noch sind sie zu jung, um das zu begreifen, und ich sehe es auch als meine Aufgabe, sie vor dem, aber auch noch viel schlimmeren Dingen zu bewahren. Also schweige ich. Reiße mich zusammen und hole uns aus der Scheiße. Ich will kein Lob dafür. Das ist mein Job als Mutter.

«Wann wollen wir denn das Bier trinken?», fragt er am Ende des Gesprächs.

Na, der lässt ja nichts anbrennen.

«Mal sehen, ich melde mich», erwidere ich und muss unwillkürlich lächeln.

51

IHR SCHLAGANFALL hat uns alle überrascht. Sie am meisten. Wir hatten alle schon einige Jahre nicht mehr miteinander gesprochen, ich war mittlerweile Anfang 30, und nun standen wir gemeinsam um ihr Bett. Nach all den Jahren des Schweigens telefonierten wir wieder miteinander, sprachen uns ab, wer meiner Oma wie helfen könnte und was sie jetzt am dringendsten brauchte.

Niemand sprach über das, was in der Vergangenheit geschehen war, oder darüber, was wir uns gegenseitig angetan hatten. Die Streitigkeiten und Konflikte der Erwachsenen übertrugen sich auf uns Kinder, und wir schleppten sie mit. Als es dann während eines Weihnachtfests zu einer Eskalation kam, an der ich nicht unbeteiligt gewesen war, brach die Familie vollends auseinander.

Alle sehen sich im Recht, und auch ich würde die Entscheidung, die ich damals traf, wieder so treffen. Allein aus diesem Grund wird eine Nähe, so wie sie damals als Kinder zwischen uns bestand, nicht mehr möglich sein.

Also standen wir jetzt hier bei meiner Oma und funktionierten einfach. Und für sie schafften wir es, gemeinsam ihren Geburtstag zu feiern, ohne uns gegenseitig an die Gurgel zu gehen.

52

NACH MEINEM RÜCKFALL war endgültig Schluss, und kurz darauf zog seine neue Freundin ein.

Als erste Amtshandlung wurde das Kinderzimmer meiner Tochter ausgeräumt und ihre verbliebenen Sachen auf dem Sperrmüll entsorgt. Dass die Kinder in dem Haus nicht mehr wirklich willkommen waren, hätte er nicht deutlicher zeigen können. Auch meine Sachen, die ich nicht alle bei meinen Eltern hatte unterbringen können, wurden entsorgt.

Das Haus wurde gegen schlechte Geister ausgeräuchert, und auch die Kinder mussten eine spirituelle «Säuberungszeremonie» über sich ergehen lassen, als sie sie das erste Mal besuchten. Dazu zündete die Neue ein Bündel Kräuter an und führte es in kreisenden Bewegungen über die Köpfe meiner Kinder. Sie war die Affäre eines zweifachen Vaters, aber toxisch waren in ihren Augen die Kinder.

Mit der neuen Partnerin war er noch reizbarer als ohnehin schon. Bei jeder sich bietenden Gelegenheit schrie er mich an, wies mich zurecht oder versuchte, mich zu dominieren. Während mich ausschließlich das Wohl der Kinder interessierte, schien er zu glauben, dass es mir um ihn und seine Beziehung ging. Vielleicht hoffte er insgeheim, mich eifersüchtig zu machen. Er war fest davon überzeugt, dass es mich zutiefst treffen würde, wenn er mir erzählte, wie erfolgreich oder schön und sexy sie war. Ungefragt berichtete er mir davon, was die beiden im Bett miteinander trieben.

Nichts hätte mir egaler sein können. Allein beim Gedanken an unseren Sex stieg mir immer öfter der Ekel hoch. Ich wollte trotz allem noch, dass wir als Eltern funktionierten und von mir aus auch mit der neuen Frau an seiner Seite. Ich wollte, dass meine Kinder und ich glücklich werden, dass es uns gutgeht. Ich begann, mir nachzusehen, dass ich keine Karriere machen konnte, ich beschloss, mich nicht mehr davon einschüchtern zu lassen, dass andere in meinem Alter bereits viel mehr erreicht hatten. Ich beschloss, geradezu glücklich zu sein – für meine Kinder. Umso trauriger war ich darüber, dass wir uns seinem aggressiven Verhalten nicht entziehen konnten und dass ihm das Glück der Kinder so viel weniger zu bedeuten schien als sein eigenes Glück.

Aber es keimte auch neue Hoffnung auf. Ich hoffte, dass er sich ändern würde, dass er ohne die Verantwortung für die Kinder und ohne mich ruhiger werden würde. Ich hoffte, dass die Kinder erleben und sehen konnten, dass er auch ein liebevoller Partner sein konnte. Ich hoffte, dass seine Liebe zu der neuen Frau an seiner Seite größer war als die Wut, die er meinetwegen immer verspürt hatte. Ich wünschte ihm, dass er glücklich würde, damit unsere Kinder es nun auch endlich sein könnten.

Eines Tages erfuhr ich von gemeinsamen Freunden, dass er die Nacht zuvor abgeführt worden war, weil er seine neue Freundin zusammengeschlagen hatte. In diesem Moment begriff ich zum ersten Mal wirklich, dass ich keine

Schuld an seinem Verhalten trug, dass er vor mir gewalttätig war und nach mir und dass ich das genauso wenig verdient hatte wie seine anderen Freundinnen. Sie taten mir alle leid, und auch ich tat mir leid und noch viel mehr: meine Kinder.

53

«WO TREIBST DU dreckige Schlampe dich rum?», brüllt er.

Ich lege auf. Ich bin nur ans Telefon gegangen, weil wir noch absprechen mussten, wer die Kinder nächstes Wochenende zu ihm bringt und wer sie abholt. Offensichtlich war jetzt nicht der richtige Zeitpunkt, also sehe ich keine weitere Notwendigkeit, mich mit ihm zu unterhalten.

Er ruft wieder an. Ich stelle mein Telefon auf stumm.

Mein Date ist kurzfristig geplatzt, also habe ich unerwartet nichts vor für den Abend. Die Kinder sind bei den Großeltern. An solchen Tagen überhäufe ich mich für gewöhnlich mit Unmengen an Arbeit. Wenn die erledigt ist, putze, wasche und bügle ich. Heute habe ich alles abgearbeitet, aber die innere Unruhe hält mich in ihren unbarmherzigen Klauen.

Meine Freundinnen sind mit ihren kleinen Kindern und Partnern kaum spontan aus dem Haus zu locken. Wie könnte ich mich darüber ärgern? Ich kenne es ja selbst. Zwar ohne den gemütlichen, harmonischen Teil dieses Arrangements, aber ich freue mich, dass meine Freundinnen es besser haben. Sie haben es verdient!

Ich gehe meine Nachrichten durch, und da fällt mir ein, dass ich dem einen netten Typen für seine Hilfe im Job noch ein Bier schulde. Ich frage ihn, und er hat Zeit.

Und so stehe ich kurz darauf vor der Kneipe und warte

auf ihn. Ich gucke noch mal auf mein Telefon. Auf dem Weg hierher hat der Kindsvater noch 28-mal angerufen. Und neun Mal auf die Mailbox gesprochen. Oder geschrien? Das ist mehr Aufmerksamkeit, als ich unsere ganze Beziehung hindurch von ihm erhalten habe. Bei dem Gedanken muss ich fast lachen. Es sollte mich traurig machen, aber ich finde es nur noch albern.

Eigentlich habe ich mir vor langer Zeit angewöhnt, mir die Haare zu glätten, wenn ich unterwegs bin, um bloß nicht zu sehr aufzufallen. Ich fühle mich ein bisschen unsicher bei dem Gedanken daran, mit diesem Riesenafro die Kneipe zu betreten. Ich weiß, ich werde auffallen. Ich weiß nicht, wie der Typ, dem ich noch nie im echten Leben begegnet bin, darauf reagieren oder damit umgehen wird. Wird es ihm peinlich sein? Ach, egal. Habe ja nicht vor, ihm zu gefallen. Das ist kein Date. Ich will nur nicht, dass sich irgendwer meinetwegen unwohl fühlt. Mein Ex fand es immer peinlich, wie sehr ich auffiel, und meinte, dass ich mich einfach ein wenig zurücknehmen müsste.

Durch die große beschlagene Scheibe sehe ich ihn an einem Stehtisch: Er ist groß, trägt einen Vollbart, schwarze Jeans und eine Lederjacke. Er sieht sehr sympathisch aus, also traue ich mich einfach und hoffe, dass es im besten Fall eine unterhaltsame und lustige Abwechslung zur Bügelwäsche ist, der ich mich sonst an diesem Abend gewidmet hätte. Ich betrete die nach Bier stinkende Kneipe, er sieht mich sofort, läuft mir lächelnd entgegen und streckt mir zur Begrüßung seine große rechte Hand hin.

Im Laufe des Abends haben wir die wichtigsten Eckdaten abgeklopft. Er fragt nach den Kindern. Danach, wie ich zurechtkomme als Alleinerziehende und ob ich Spaß in meinem neuen Job habe. Ich frage ihn, wie er zu dem Job gekommen ist und ob er ebenfalls Quereinsteiger ist. Was seine Familie so macht, was er gerne in seiner Freizeit unternimmt und ob er schon mal eine Schwarze Frau gedatet hat. Er verneint, etwas irritiert über die Frage.

Ich habe die Frage nicht ohne Grund gestellt, und als er verneint, atme ich etwas erleichtert auf: wohl tatsächlich ein Typ, dem es nicht darum geht, eine Schwarze abzuschleppen. Einer, der keinen Schwarze-Frauen-Fetisch hat. Er lacht ein wenig verlegen. Jetzt ist mir die Frage etwas peinlich, aber er zwinkert mir zu und sagt, keine Sorge.

Nett, denke ich, noch nicht ahnend, dass ich soeben meinem zukünftigen Ehemann begegnet bin.

54

NIE WIEDER MÄNNER, das habe ich nie gedacht.

Aber ich war mir über vieles noch nicht klar. War nur der Typ schuld, oder wie viel Verantwortung trug ich selbst, weil ich nicht sofort die Notbremse gezogen habe? Habe ich ignoriert, überhört, wie laut mein Herz schrie, wenn ich mich selbst so kleinmachte? Hätte ich all das verhindern können? Und ändert es etwas, wenn ich die Frage mit Ja beantworte?

Das, was mir zugestoßen ist, lässt sich nicht mehr ändern. Es ist jetzt ein Teil von mir. Sollte ich sie verheimlichen, weil ich mich meiner Vergangenheit, meiner Fehler, meiner Wunden schämte? Hatte ich nicht lange genug so getan, als ginge es mir gut? Als wäre alles in Ordnung? Als müsste ich mich nur mehr bemühen zu passen?

Ich wollte nicht mehr gefallen wollen. Ich wollte ich sein. Und dieses Ich ist nun mal auch die Frau, die Fehler macht, die Menschen verletzt. Es ist aber auch die Frau, an der Fehler begangen wurden, die verletzt wurde.

Ich bin eine afrodeutsche Kroatin, eine Mutter von zwei Kindern, die streitbar ist, oftmals auch unbequem, unfair, zu laut, zu aggressiv oder auch emotional, ohne akademischen Bildungshintergrund, mit kleinen Brüsten, schiefen Zähnen und orthopädischen Schuheinlagen: Bevor ich nicht damit beginne, mich genauso anzunehmen, wie ich bin, kann ich es von niemand anderem erwarten.

«Von mir aus können wir einfach nur ficken», sagte ich ihm. Ich saß halbnackt auf seinem Schoß auf seiner Terrasse und ließ mir die Sonne auf die, zugegeben, traurig zum Boden gerichteten Brüste scheinen. Dass er nicht verheiratet ist und auch keine Kinder hat, hatte er bei unserem Treffen relativ schnell klargestellt. Noch in der Kneipe hatte ich, entgegen meines üblichen eher schüchternen Temperaments in Sachen Männern, ihn ohne große Umschweife gefragt, ob er liiert sei. Wir verstanden uns gut, ich mochte seinen Humor und, na ja, ihn.

Also verabredeten wir uns für ein baldiges Wiedersehen. Ich genoss meine Freiheit. Immerhin war ich zum ersten Mal seit sehr langer Zeit, abgesehen von der Verantwortung für meine Kinder, unabhängig. Ich hatte überhaupt keinen Bock auf weitere Verpflichtungen. Endlich war da niemand mehr, der mir sagte, was ich zu tun oder zu lassen hatte. Niemand, der mir sagte, was ich tragen oder nicht tragen, sagen oder nicht sagen durfte.

Klar, ein Typ, der das auch nur versuchte, würde nicht mal zum Fick herhalten dürfen, aber davon abgesehen, wollte ich auch einfach keinem anständigen Typen dieses Paket, das ich mitbrachte, zumuten.

Ich zucke immer noch zusammen, wenn man sich mir überraschend nähert. Erschrecke immer noch, wenn ich einen Blick nicht zu interpretieren weiß.

Es wäre unfair, das jemandem zuzumuten, der sich mir öffnet. Deshalb gefällt es mir zwar, wie er mich gerade von hinten umarmt, seine Hände auf meinen von der Sonne erhitzten Bauch legt, ich hoffe aber fast, dass er es nicht ernst mit mir meint. Ich will ihn schützen, weil ich ihn mag.

«Ich mag dich, und ja, wir können ficken, aber nicht nur», sagt er und lächelt mich an.

«Wenn es dir zu viel mit mir wird, kannst du mich ja verkaufen», antworte ich.

Wir lachen beide laut auf und sind damit offiziell ein Paar.

55

ES IST KALT. Ich muss der Kleinen heute unbedingt Geld für die Kitakasse mitgeben. Ich bekomme seit drei Wochen jeden Tag einen neuen Zettel der Lehrerin auf den Tisch geknallt, und dem Kind ist das peinlich. Verständlich. Klar, er hätte das übernehmen können. Aber jeder Kontakt mit ihm ist einer zu viel, also laufe ich lieber durch die Kälte, um meine letzten paar Mäuse abzuheben.

Mein Freund hat mir angeboten, mir Geld zu geben, aber das fühlt sich falsch an. Mein Ex hat mir und den Kindern immer vorgehalten, wie viel wir kosten und dass wir nichts einbringen. Irgendwann hat er vorgeschlagen, dass ich für die Familie ja anschaffen gehen könnte, wenn ich sie wirklich lieben würde. Wir waren zu keinem Zeitpunkt unserer Beziehung in einer ernsthaften finanziellen Notlage. Es ging ihm immer ums Prinzip.

Ich laufe den Berg runter, an der Grundschule und am Kiosk vorbei. Fuck, durchfährt es mich, als ich unten an der Ampel der Kreuzung stehe. Mir gegenüber auf der anderen Straßenseite stehen sie: Skinheads. Ich ziehe demonstrativ den Reißverschluss höher, wühle in meiner Jackentasche, finde das Feuerzeug und balle meine rechte Faust darum. Mit der anderen Hand umfasse ich meinen Schlüsselbund. Ich stelle mich aufrecht hin, um meine zierlichen Schultern breiter erscheinen zu lassen. Kurz, ich mache genau das, was die drei mittelalten Männer mir gegenüber tun.

«Guck dir diese N****schlampe an!», brüllt der eine. Und ich weiß, der Ton ist jetzt gesetzt, und das, was folgen wird, ist unvermeidlich. Ich könnte weglaufen, aber ich will nicht. Ich will nicht mehr weglaufen. Ich will nicht, dass solche Typen wie die drei gescheiterten Exemplare da über mein Leben bestimmen. Oder über meinen Tod.

Sie erinnern mich an all die Wichser, die mir in meinem Leben begegnet sind: meinen Stiefvater, meine Ex-Freunde, meine Lehrer oder der Sparkassen-Typ neulich, der die Deutschlandfahne auf dem Schreibtisch stehen hatte und der mir den Kredit nicht gewähren wollte, um mir und meinen Kindern eine Bleibe zu finanzieren.

Die Ampel springt auf Grün um. Ich warte nicht hier auf sie. Ich gehe ihnen mit geballten Fäusten entgegen. Ich ignoriere ihre Beschimpfungen. Sie rempeln mich an. Ich remple zurück. Der größte der drei ekelhaften Pisser schnauzt mich an.

«Pass bloß auf. Sei mal nicht so frech oder ...»

«Oder was?», zische ich wütend durch meine Zähne.

«Oder ...» Er deutet mit dem Kopf nach unten. Er will mich den Bordstein fressen lassen.

«Versucht's doch», sage ich, während ich wieder auf einen Rempler reagiere, soweit es mein lächerliches Körpergewicht zulässt. «Versucht's ruhig, aber ich schwöre bei Gott, ich nehme mindestens einen von euch mit in den Abgrund.»

Verdutzt gucken alle drei mich an. Der eine beginnt laut zu lachen, was einfach albern wirkt, weil seine Frontzähne fehlen und es wie das Grinsen eines Babys aussieht. Die anderen stimmen mit ein. Aber sie lassen von mir ab. Ich habe es in ihren Augen gesehen: Sie wissen, dass ich es ernst meine.

Ich atme tief durch und gehe weiter meines Weges. Ich nehme die Kopfhörer aus meiner Tasche und mache mir System of a Down an. Ich fühle mich stark. Ich fühle auch Panik. Aber trotz allem ist heute ein guter Tag. Ich trotze meinen Problemen. Ich trotze allen.

56

ALLES WAR PLÖTZLICH so viel besser – so viel einfacher. Nicht, dass ich nicht weit mehr Probleme als Oberweite hatte, aber sie ließen sich besser angehen oder eben ertragen. Das Gefühl der Unzulänglichkeit war nicht mehr dauerhaft da.

Die Angst, meinen Kindern nicht mal eine Grundversorgung bieten zu können, wurde zu meiner Triebkraft. Die Angst, dass mein Ex mich im Zustand eines kompletten Kontrollverlusts umbringen könnte und dann womöglich in Panik geraten und auch unseren Kindern etwas antun würde, ließ ein wenig nach, seit wir nicht mehr zusammenlebten. Trotzdem versuchte er, auf mich einzuwirken, und nicht selten lag ich zitternd und weinend bei meinem neuen Freund im Arm.

Seine bedingungslose Liebe, der aufrichtige Respekt und höfliche Umgang waren mir erst suspekt. Immerzu wartete ich darauf, dass er sein wahres Gesicht zeigte, dass auch er so werden würde wie so viele Partner zuvor. Selbst wenn ich versuchte, ihn das nicht spüren zu lassen, ihn nicht merken zu lassen, dass ich der Harmonie misstraute, wusste er, dass ich mich schwertat, mich fallenzulassen. Und doch, irgendwann, ganz ohne dass ich es hätte absehen können oder er es forciert hätte, konnte ich es, ich konnte ihm vertrauen. Wir saßen viele Abende auf meinem winzigen Balkon, ohne Kerzen, ohne Wein, aber mit Decken und Tee und flüsterten in die Nacht. In diese Dunkelheit hinein begann ich, ihm alles zu erzählen, ließ ihn teilhaben und sprach das erste Mal aufrichtig über meine Vergangenheit, über den Menschen, der mich gebrochen hatte. Er hörte nur zu. Er war einfach da und tröstete mich. Nicht ein Wort der Eifersucht, dass ein anderer Mann mein Leben so bestimmte, kam über seine Lippen. Manchmal konnte ich es in seinen Augen sehen, wie schwer es ihm fiel, sich nicht von seiner Wut auf den Mann, der mir, der Frau, die er liebte, all das angetan hatte, vereinnahmen zu lassen.

An den Wochenenden, die die Kinder bei ihrem Vater verbrachten, saßen wir besorgt beieinander und behielten immer das Telefon in der Nähe, um im Notfall erreichbar zu sein. Uns blieb keine Wahl: Selbst wenn die Kinder es nicht wollten, ihr Vater hatte das Recht, sie zu sehen. Meine Sorge um die Kinder, aber auch die der Kinder selbst lastete nun nicht mehr allein auf meinen Schultern, und ich erlebte erstmals, dass ich Verantwortung teilen durfte. Ein Gefühl, das für so viele Paare eine Selbstverständlichkeit ist, war für mich ein vollkommen neues Lebensgefühl. Ich war mir bewusst, dass die Gesellschaft unsere Patchworkfamilie und meinen steinigen Werdegang nicht unbedingt guthieß, aber ich musste nun nicht mehr alleine über die ewig gestrig anmutenden Vorurteile lachen. Denn selbst jetzt, in Freiheit, mit einem Partner an meiner Seite, der mich und die Kinder liebte und auch so behandelte, selbst jetzt wurde mein Leben durch seinen Einfluss auf uns bestimmt.

57

«DU MUSST IHN ANZEIGEN», sagten mir später viele.

«Du bist nicht schuld», versuchten mir meine Freund*innen einzubläuen. Es dauerte, musste einsickern, aber irgendwann hatte ich es verstanden. Irgendwann nahm ich all meinen Mut zusammen und zeigte ihn zusammen mit meiner Rechtsanwältin an.

Ich tat es für meine Kinder. Ich tat es aber auch für mich. Er hatte nicht damit gerechnet. Er hatte mit so vielem nicht gerechnet. Nicht damit, dass ich mich ernsthaft wehren würde. Er dachte, ich würde den Mut nicht aufbringen, so wie all seine Ex-Freundinnen es auch nicht geschafft hatten. Kaum jemand, der wusste, was er mir antat, hatte daran geglaubt, dass ich es, dass ich *ihn* überlebe. Dabei hatte ich nur die halbe Wahrheit über meine Situation offenbart. Und entgegen meiner Naivität, zu glauben, niemand wüsste so richtig Bescheid, hatten die Menschen, die mir nahestanden, meine Eltern und meine besten Freund*innen, ein Gefühl dafür entwickelt, wie schlecht es mir ging. Sie ahnten es damals.

Während ich abwinkte, Ausflüchte suchte und bloß niemanden zu nahe an mich heranließ, ahnten sie, dass mein Leben in Gefahr war. Fragten sie nach den Würgemalen am Hals, reagierte ich aggressiv und abwehrend, trug fortan Schals oder versuchte anderweitig meine Blessuren zu kaschieren. Offensichtlich war ich eine schlechte Schauspielerin gewesen.

Ich habe mir nicht helfen lassen, und so konnte mir niemand helfen. Ich musste es selbst schaffen, und das habe ich. Aus eigener Kraft. Aus freien Stücken. Und dennoch mit unendlich großer Angst vor den Folgen, die diese Entscheidung haben würde. Dass ich, trotz all des Guten, das mir widerfahren ist, nie ganz frei sein würde, war mir immer klar. Ich bin bis heute nicht frei. So wie viele andere Frauen, auch wenn wir es geschafft haben, uns aus der Tyrannei zu befreien.

Die Schläge, die Demütigungen, die Versuche, mich umzubringen, die sexualisierte Gewalt, die Herabwürdigungen, die Spucke in meinem Gesicht und die Tränen, all das hat sich in mein Herz gebrannt. Es wird für immer da sein. Es wird immer ein Teil von mir sein. Aber dennoch kann ich jetzt trotz alldem voller Überzeugung und aus tiefstem Herzen sagen: Ich liebe mein Leben. Ich habe ein gutes Leben. Meine Kinder haben ein gutes Leben. Das hätte ich mir nie träumen lassen.

Ich habe einen guten Mann. Ich habe gute Freund*innen, Rückhalt durch meine Familie und einen Job, den ich liebe.

Und ich schreibe. Wenn ich nicht weiterweiß, wenn Erinnerungen mich übermannen, wenn ich Albträume habe, schreibe ich. Mittlerweile habe ich mehrere Notizbücher voll und endlose Dateien im Computer gespeichert. Manchmal lese ich, was ich geschrieben habe, sehe, von wo ich komme, und werde wütend über die große Portion Pech in meinem Leben, aber auch über die ungleichen Startbedingungen, die es für ein glückliches Leben gibt. Die Wut hält mich wach und lässt mich niemals aufgeben. Und manchmal lese ich, was ich geschrieben habe, und staune, was möglich ist, wenn man nicht aufgibt, wenn man kämpft.

Ich sitze in der offenen Wohnküche unseres Hauses. Mein Mann steht am Herd und kocht, die Kinder sitzen am Küchentisch und streiten darüber, wer wie viele von den Kirschtomaten gegessen hat, und meine Tochter beschwert sich, dass der Kleine sich natürlich wieder die meisten in den Mund gestopft hat.

Der Kindsvater versucht immer noch Einfluss zu nehmen, wenn nicht über mich mit den Sprachnachrichten, die er regelmäßig schickt, dann über die Kinder. Aber unsere Kinder sind so viel stärker, klüger und selbstbewusster, als ich es jemals war. Und das ist alles, was ich mir wünsche: dass meine Kinder diese Tradition der Gewalt in unserer Familie durchbrechen können und ein glückliches, gesundes Leben führen dürfen. Ich wünsche mir nichts mehr, als dass ihre Herzen in allen Farben leuchten!

58

ICH HABE ÜBERLEBT. Ich bin Überlebende von rassistisch motivierter Gewalt. Ich bin Überlebende von psychischer Gewalt. Ich bin Überlebende von Mikroaggressionen, denen ich durch systemischen Rassismus Tag für Tag ausgesetzt bin. Ich bin Überlebende einer Gesellschaft, die misogyn ist. Ich habe häusliche Gewalt durch den Partner überlebt. Ich bin eine Überlebende. Ich lebe.

Ich sitze hier auf meiner Couch. Das fröhliche Geschrei meiner beiden Kinder dringt vom Garten herein. Ich trinke einen gekühlten Eistee, den mein Mann mir gemacht hat, damit ich nicht vom Laptop aufstehen muss und mich auf meine Arbeit konzentrieren kann. Wobei «Arbeit» nicht ansatzweise der zutreffende Begriff ist. Das, was ich jetzt mache, macht mir nämlich einen großen Spaß.

Die Demut und Dankbarkeit, es trotz all dem, was mein Leben so belastet hat, geschafft zu haben, stark, glücklich und frei zu sein, ist so groß, dass das, was mein Mann und andere Arbeit nennen würden, ein Geschenk für mich ist. Taste für Taste. Wort für Wort. Ich schreibe mich frei.

So manche*r mag denken, dass ich all das zu wichtig nehme, und das kann ich niemandem verübeln. Aber endlich habe ich meine Stimme gefunden, und diese erhebe ich. Meinen Kindern soll es besser ergehen. Sie sollen bessere Entscheidungen treffen, als ich es tat. Sie sollen frei sein und wissen, dass sie genau so sein dürfen, wie sie sein wollen, dass sie in den Augen ihrer Mutter, in meinen Augen, richtig sind. Ohne Wenn und Aber. Da ich weiß, wie sehr eine gewaltvolle Umgebung Kinder prägt, weil ich weiß, was sie gesehen und erlebt haben, sitze ich jetzt hier und schreibe all das auf. Es fällt mir nicht schwer. Es fühlt sich an wie damals: Schritt für Schritt. Jetzt eben: Buchstabe für Buchstabe.

Egal wie aussichtslos deine Situation scheint, mein Kind, ich bin da. Egal wie aussichtslos deine Situation scheint, mein Herz, du bist stark, du kannst es überleben.

Und während ich hier sitze, jetzt dieses Leben führe, voller Liebe und gegenseitigem Respekt füreinander – umgeben von Menschen, die wohlwollend und liebevoll sind –, muss er, der Mensch, der mich brechen wollte, damit leben, dass ich die Stärkere bin. Und ich muss die ganze Zeit an den einen Satz denken, der mir schon damals durch den Kopf ging, als ich allein im nebligen Wald, den Duft der kalten, nassen Erde in der Nase, gegen mich selbst rannte:

NEVER FUCK A FUCKER!

DANKSAGUNG

Ich danke mir, dass ich mich selbst, zumindest bis hierher, überlebt habe.

Ich danke meiner Mutter, dank der ich lebe.

Ich danke meinem Adoptivvater, der mich in sein Leben aufnahm.

Ich danke meiner Oma, dafür, dass sie, zumindest bis hierher und hoffentlich auch bis zur Veröffentlichung dieses Buchs, überlebt hat.

Ich danke I., Anni und Doze, Uwe Becker, Italien Wuppertal, Jenny, Martina, Johanna, Tankred und Tifannie Hase, Kai, Tina und Fred – mit denen ich hoffentlich noch so viel mehr erleben darf.

Ich danke Becci. We did it, Baby. (Wie viele Literaturagent*innen braucht es für ein Buch?)

Ich danke meinem Mann, der sein Leben mit mir teilt und meines mitlebt.

Ich danke meinen Kindern: Ihr seid mein Leben.

AUSFÜHRLICHE TRIGGERWARNUNGEN:

gewaltvolle Sprache, ableistische, frauenfeindlich/
misogyne, rassistische Sprache,
Gewaltphantasien,
erwähnte Vergewaltigung,
Gewalt gegen Frauen,
physische und psychische Gewalt gegen Kinder,

Drogenkonsum,
Alkoholkonsum,
Emesis,

toxische Beziehung,
Abhängigkeit in der Beziehung,
Gaslighting, Victim Blaming,
Sex ohne Verhütung, Geschlechtskrankheiten,

Angststörung,
Panik,

Geburt, Blut,
Operation,
beschriebene Rückenmarkspunktion,
Schmerzmittel,
Wunden,

chronische Krankheiten,
Schlaganfall